Maryam Madjidi

DU SPRINGST, ICH FALLE

Blumenbar

MARYAM MADJIDI

DU SPRINGST, ICH FALLE

Roman

Aus dem Französischen
von Julia Schoch

Blumenbar

Für Abbâs

ERSTE GEBURT

Die Heimat ist nur ein Lager in der Wüste.

Tibetanisches Sprichwort

Das Leben ist kein Scherz.
So nimm es ernst, ernst in dem Maße,
dass – vor der Wand, wo man erschießt, zum Beispiel,
in Ketten Hand und Fuß,
oder am Tisch, der zu Versuchen dient,
in weißem Kittel und mit großer Brille –
du sterben würdest, damit Menschen leben,
die du nicht kennst, die du nicht einmal sahst,
du sterben würdest ohne Zweifel: nichts ist herrlicher
und echter als das Leben.

Nâzim Hikmet

DER STEIN

Ein Mann sitzt allein in einer Zelle.
In der einen Hand hält er einen Stein, in der anderen eine Nähnadel.
Mit der Spitze der Nadel bearbeitet er den Stein.
Er ritzt einen Namen hinein.

Jeden Tag schnitzt und kratzt er an dem Namen im Stein.
Das hilft ihm, im Gefängnis nicht verrückt zu werden.
Der Name lautet Maryam. Sie wurde vor Kurzem geboren, und da er nicht bei ihr sein kann, fertigt er ein Geschenk für sie, das er ihr eines Tages zu überreichen hofft.
Den Stein hat er im Hof des Gefängnisses gefunden, die kleine Nähnadel konnte er heimlich stehlen.
Auf diese Weise sagt er ihr, dass er an sie denkt, an sie, das Baby, das erst wenige Tage alt ist und das ganze Leben noch vor sich hat.

ES WAR EINMAL DER BAUCH DER MUTTER

Ein Mädchen wächst im Bauch einer Frau heran.

»Du gehst auf keinen Fall zu der Demonstration, du bist eine Frau, das ist gefährlich.«
Soeben hat der ältere Bruder ihr eine heftige Ohrfeige verpasst. Sie sagt nichts, starrt ihn nur an, mit dem finsteren Blick einer wild entschlossenen Frau, bevor sie loszieht, um auf der Straße stolz die Faust zu recken und ihre Stimme mit der Stimme der wütenden Menge zu vereinigen. Sie wird noch etliche Ohrfeigen einstecken, Beleidigungen auch, aber mit zwanzig kann sie nichts aufhalten, nicht die Ohrfeigen des Bruders, nicht ihre Schwangerschaft, nicht einmal die Angst davor, getötet zu werden.

1980 – Universität von Teheran

In der Ferne Rauchschwaden, Schüsse, Geschrei.
Ich habe Angst, ich spüre die Gefahr und krümme mich noch stärker im Bauch zusammen, doch von einer unbändigen Kraft getrieben läuft dieser Bauch dem Tod entgegen.

Die junge Mutter rennt durch die Gänge einer Universität. Fast stürzt sie: Beinahe wäre sie in einer Blutlache ausgerutscht, deren Spur zu einem Unterrichtsraum führt, aus dem markerschütternde Schreie dringen.
Sie geht näher heran und späht durch den Türspalt. Auf einem Tisch liegt eine junge Frau, ein Mann versucht sie zu vergewaltigen. Neben ihr, am Boden, ein junger Mann, dem man mit einem Knüppel den Schädel zertrümmert. Sie presst sich die Hand auf den Mund, um nicht vor Entsetzen loszuschreien.
Sie ist in Panik, die Beine wollen ihr versagen.
Überall fliegt Papier herum, Mitschriften, Einschreibelisten, Unterrichtsmaterial. Bücherseiten werden zerfetzt, ganze Regale umgekippt. Hände durchwühlen Schubladen, Münder schreien. Man trampelt auf den Kopftüchern der Frauen herum, Hände ziehen sie an den Haaren. Die Frauen werden über den Boden geschleift, sie wehren sich mit aller Kraft, und die Männer, die sie herumzerren, bezeichnen sie als dreckige Schlampen. Diese Männer haben blutunterlaufene Augen und schwenken mit Nägeln gespickte Knüppel. Sie schreien »Allahu Akbar«.
Das Geräusch eines Schädels, der zertrümmert wird.
Sie rennt noch immer, kann aber den Ausgang nicht finden. Vor ihren Augen gehen junge Männer und Frauen zu Boden. Sie hört Schreie, es gellt in ihren Ohren. Sie möchte verschwinden – sich in eine winzige Ameise verwandeln – und sich mit ihrem Baby in einer Ecke verkriechen.
Ihr Baby. Urplötzlich wird ihr bewusst, dass sie schwanger ist.

Meine Mutter trägt mein Leben in sich, doch der Tod tanzt feixend um sie herum, den Rücken gebeugt. Seine langen Knochenarme wollen ihr das Kind entreißen, sein zahnloser Mund nähert sich der jungen schwangeren Frau, um sie zu verschlingen.
Zwei Männer haben sie entdeckt. An ihren ausgestreckten Armen pendeln nägelgespickte Knüppel. Die beiden kommen auf sie zu. Ein Fenster steht offen.
Im siebten Monat schwanger, soll sie aus dem zweiten Stock springen, sie zögert, dreht sich um und starrt auf die Knüppel; sie spürt schon, wie ihr die Nägel ins Fleisch dringen.
Sie springt.

Sie springt und ich falle.
Du hängst in der Luft und ich bin es, die fällt.
Ich falle, und dein Bauch wird hohl, ich kauere mich zusammen, bis ich verschwunden bin.
Ich falle, und du lässt mich zurück in diesem Bauch, der über dem Abgrund hängt.
Du schleuderst mich aus dir heraus. Ich, zum ersten Mal verlassen. Zum ersten Mal fügt mir die Liebe eine Wunde zu.
Engel ohne Flügel, meine unzurechnungsfähige Irre, meine sanfte Mörderin. In jenem Moment hast du ein Loch in mir gegraben, in dem sämtliche Ängste meines zukünftigen Lebens Wurzeln schlagen werden.
Du fällst, und für eine Sekunde sterbe ich in deinem Bauch, der zum Grab geworden ist.

Unfähig sich zu bewegen, mit heftigen Schmerzen im Bein, liegt die Mutter am Boden. Das Gesicht zum Himmel gewandt, starrt sie mit weit aufgerissenen Augen die weißen Wolken an. In einer Wolke erkennt sie die Form eines Pferdekopfes. Ihr Blick trübt sich, ihr Kopf ist so schwer. Kurz bevor sie in tiefen Schlaf sinkt, legt sie ihre Hände auf den Bauch.
Das Baby regt sich.

ES WAR EINMAL
DIE STIMME DER GROSSMUTTER

Zu Beginn ist sie eine Stimme, nur eine Stimme. Sie dringt durch die Wand aus Haut, Fleisch, Blut und Plazenta zu mir, die mich schützt vor der Barbarei der äußeren Welt. Ihre Stimme ist dünn, erzen, die Töne sehr hoch. Ein zartes Gewebe aus Spitze, das im Wind zittert, zwischen den Maschen jedoch eine kleine Nadel verbirgt, die jederzeit zustechen kann, wenn es darum geht, sich zu verteidigen oder uns zur Ordnung zu rufen.

»Bist du komplett übergeschnappt? Lässt dich umbringen und meine erste Enkeltochter gleich mit!«
»Es musste sein. Ich konnte die Genossen doch nicht einfach so draufgehen lassen.«
»Und, hast du einen einzigen gerettet, mit deinem dicken Siebenmonatsbauch?«
»Nein, ich habe keinen gerettet, aber ich habe alles mit angesehen.«
»Was hast du gesehen?«
»Mâdar[1], wenn du wüsstest ... das darf niemals vergessen werden.«

1 »Mama«

»Es reicht jetzt mit diesem Irrsinn, hast du mich verstanden? Du bleibst hier, bis du das Kind zur Welt bringst. Und danach hol dich der Teufel!«
»Ich werde bezeugen, was ich mit angesehen habe.«
»›Bezeugen‹, was soll das heißen: ›du wirst bezeugen‹?«
»Und dieses Baby wird seinerseits bezeugen, ich weiß es.«
»O nein, du versuchst jetzt, diesem Baby drei Monate Ruhe zu gönnen. Siehst du diesen Schlüssel hier? Das ist der Zimmerschlüssel, ich schließe dich bis zum Tag der Entbindung ein.«

Da bist du nun, eingesperrt im Haus meiner Großmutter. Du liegst auf einem weichen Sofa im Wohnzimmer. Es ist wohlig warm. Eine Mutter versorgt ihre Tochter, die ihr Baby versorgt. Die Hände meiner Großmutter eilen geschäftig hin und her. Sie kocht: Aus der Küche duftet es süß nach Butterreis mit Safran.
Schon jetzt liebe ich meine Großmutter, meine große Beschützerin. Sogar im Innern dieses unruhigen Bauches erkenne ich den Klang ihrer Stimme, sofort. Maman Massoumeh, du sollst uns für immer als Geiseln in diesem Haus behalten, lass uns nie mehr gehen. Serviere uns noch mehr Köstlichkeiten und Tee, gib uns Wärme, was zum Naschen. Kümmre dich um mein erstes Haus. Hüll uns ein, bring das Geschrei der Welt zum Schweigen, erzähl uns noch was. Da ist das Geräusch des Teekessels, der auf dem Herd pfeift. An den Mauern schaukelt der Wein, eine Katze huscht vorbei, meine Mutter streicht zärtlich über ihren Bauch. Endlich ruht sie sich wie eine vernünftige Schwan-

gere aus. Weit weg von Demonstrationen, Flugblättern und Nägeln, die in den Schädel der Jugend dringen. Sie schließt die Augen, damit sie vergisst, doch die schaurigen Bilder gehen ihr nicht aus dem Kopf und quälen sie weiter. Ihr Gespenster ohne Mund, ihr fordert, dass von euch berichtet wird, doch nicht jetzt, habt Erbarmen, lasst uns in Frieden und geht weg. Ich trete nach euch, damit ihr verschwindet. Meine Mutter schreckt hoch. Alles gut, ich habe dich zurückgebracht ans Ufer des Lebens, genau wie die Stimme meiner Großmutter. Wir beide halten dich von ihnen fern.

ES WAREN EINMAL DIE AUGEN DER MUTTER

Stundenlang betrachtet sie die Augen ihrer Mutter. Aus den Augen der Mutter kommen stumme Melodien, die das kleine Mädchen in Schulhefte zu übertragen versucht.

Deinen Augen eine Stimme geben.

Die Mutter spricht wenig. Träume kreisen um ihren Kopf wie Vögel über den Türmen des Schweigens. Einmal haben sie dem kleinen Mädchen erzählt, seine Vorfahren hätten ihre Toten auf jenen Türmen abgelegt, den Türmen des Schweigens, damit die Geier kämen und sie verspeisten. Denn der Leichnam durfte weder die Erde besudeln noch das Feuer, das als heilig galt.
Es sieht die Träume der Mutter über ihrem Kopf und versucht mit allen Tricks, einen dieser Vögel zu erwischen, doch es gelingt ihm nicht. Also zeichnet es Vögel auf Blätter, die den Boden ihres Zimmers bedecken.

Diese Zeichnungen: Mosaike meiner Liebe zu dir, meiner zaghaften Annäherungsversuche, um den Duft deiner Träume einzusaugen. Abwesend, lange Zeit habe ich dich abwesend erlebt. Abwesend vom Leben, von der Mutter-

schaft, von jeglichem Verlangen. Einverständig lächelnd triebst du langsam über dem Leben dahin.
Vermutlich schreibe ich heute, weil du zuvor geschrieben hast. Ich stehle deine Bilder aus den Gedichten, die du geschrieben und mir vorgelesen hast. Wenn du dein schwarzes Heft mit Notizblättern, Briefen und Papierschnipseln aufschlugst, auf die du Verse, manchmal halbfertige Gedichte gekritzelt hattest, empfand ich jedes Mal Furcht. Ich hatte stets ein bisschen Angst davor. Angst vor deiner Seele, Angst vor Erinnerungen, die hochkommen konnten, Angst vor der Stimme, die so lange geschwiegen hatte und auf einmal zu sprechen anfing. Ich wollte, dass es rasch aufhörte, und war erleichtert, wenn du das dicke schwarze Heft wieder zugeklappt hast. Hier und da hatte ich erfolgreich ein Bild aufgeschnappt, und das genügte mir. Kleine Diebin der Juwelen deiner Seele. Mir war es lieber, wenn ich dich erahnen, dich erfinden konnte.
Ich schreibe dich.
Ich schreibe nicht »dir«, nicht »an dich«, nein, ich sollte vielmehr sagen, »ich schreibe dich«.
Ich übermale dein Gesicht mit meinen Träumereien, gebe meine Lügen dazu, alles, was mich trösten kann. Auf der Suche nach deinen Augen tauche ich meine Hände in Farbtöpfe.
Ich tunke dich in einen Sud aus Wunschvorstellungen und Angst und ziehe dich wieder heraus, gereinigt, erhaben, verwandelt. Ich möchte dich endlos auspressen, damit du niemals sterben musst.
Ich lege dich auf meinen Schreibtisch und nehme dich

auseinander. Ich öffne deine Arme, die Beine, hebe deine Brüste an und wühle in deinem Bauch herum, um hinter das Geheimnis meiner Geburt zu kommen.

SCHENKEN

Die Augen der Mutter verfolgen, wie in der Ferne eine Feder auffliegt. Sie weiß, dass sie fortgehen müssen. Sie hat Kleidung und Schuhe gekauft, für dort. Das kleine Mädchen soll sein Spielzeug an die Kinder im Viertel verschenken. Es hat keinerlei Lust dazu. Doch seine Eltern haben ihm beigebracht, dass Eigentum eine schlechte Sache ist. Das haben sie in einem Buch von Makarenko gelesen. Die Kleine versteht nicht, was das Wort bedeuten soll: »Eigentum«.

»Warum muss ich mein Spielzeug verschenken?«
»Weil wir es nicht dorthin mitnehmen können.«
»Ich will aber nicht.«
»Hör mal, schenken ist schön, verstehst du?«
»Nein, ich *muss* schenken, das ist nicht das Gleiche. Ich will nicht!«
Die Mutter seufzt.
»Meine Güte, was haben wir bloß getan, dass wir mit so einem Kind gestraft sind! Vom Kommunismus kapiert sie rein gar nichts.«
Noch so ein Wort, das die Fünfjährige nicht versteht.
Sie flüchtet in ihr Zimmer und unter ein Zelt, das sie sich aus einem Bettlaken und zwei Stühlen gebaut hat, versammelt all ihre Spielsachen um sich und erklärt:

»Hört gut zu, sie wollen uns auseinanderbringen, aber ich will nicht, also bleiben wir einfach hier, rühren uns nicht von der Stelle und ich erzähle euch ganz viele Geschichten, so lange, bis alle eingeschlafen sind, dann grabe ich ein Loch im Garten, genau unter dem Baum, und verstecke euch darin. Ich komme euch später holen, ganz schnell komme ich zurück, und dann spielen wir wieder zusammen. Den Kindern im Viertel traue ich nicht. Das sind Rabauken, die machen euch bloß kaputt. Ich weiß, wie man euch behandeln muss, ich werde euch nie im Stich lassen.«

Die Kleine schlägt ein Buch auf und erzählt der versammelten Spielzeugschar eine Geschichte, und die Spielzeugschar blickt sie stumm an, voller Sorge, was nun aus ihr werden soll.

Es war einmal

Ein König, der »Feuersträhne« genannt wurde. Er war König von einem Land, in dem es immer kalt und immer dunkel war. Er hatte aus allen Häusern das heilige Feuer gestohlen, sodass man es nirgends mehr fand. Wenn die Sonne untergegangen war, hüllte sich die Stadt nach und nach in einen dichten, schwarzen Schleier. Man konnte kein Essen kochen, sich im Winter nicht aufwärmen, auch kein Eisen schmieden, keiner fand sich im Dunkeln zurecht oder konnte das Gesicht seiner Lieben im Schein einer Kerze betrachten, man konnte keine Schattenspiele machen und auch nicht bis spät in die Nacht lesen. Nach dem letzten natürlichen Lichtschein über der Stadt hörte alles Leben auf. Sämtliche Fenster in den Häusern verwandelten sich in riesige blinde schwarze Augen.

In allen Häusern, bis auf eins: den Palast des Königs. Der hatte befohlen, dass alles, was in irgendeiner Weise einem Feuer ähnelte, gelöscht würde, nur eine letzte Flamme hatte er für sich behalten. Sie flackerte in einer Haarsträhne über seiner Stirn, deshalb wurde er von allen »Feuersträhne« genannt.

Wenn er wollte, hielt er einfach ein Zweiglein oben an seinen Kopf, damit es Feuer fing und er sich mit Licht und Wärme umgeben konnte.

Eines Tages beschloss ein kleiner Junge namens Shoja, was »mutig« bedeutet, sich an Feuersträhne heranzuschleichen und ihm etwas von dem Zauberfeuer auf seinem Kopf zu stehlen. Zauberfeuer deshalb, weil es nie ausging.

Er hatte extra bis zu einer Vollmondnacht gewartet, damit er nicht vom Weg abkam. Er schlich sich in den Palast des Königs, wobei er aufpasste, dass ihn die Wachen nicht schnappten.

Der Palast war prächtig, erleuchtet von tausend Lichtern, nie zuvor hatte er so viele Kerzen, Fackeln und Leuchter gesehen, seine geblendeten Augen glaubten sogar, Funken durch die Luft tanzen zu sehen. Die wohlige Wärme hüllte ihn ein und machte ihn ganz benommen, er trieb in einem Meer aus Licht. Plötzlich löste sich Shoja kopfschüttelnd

aus seiner Erstarrung: Schließlich hatte er einen Auftrag zu erfüllen. Er riss sich zusammen, sperrte Augen und Ohren auf und vernahm plötzlich leises Schnarchen im Stockwerk über sich. Auf Zehenspitzen schlich er die Stufen rauf, das Schnarchen wurde immer lauter. Er ging auf eine Tür zu, drückte vorsichtig die Klinke runter und schlüpfte hinein. Der König schlief tief und fest in seinem Bett.
Shoja holte das Zweiglein aus seiner Hosentasche und hielt es an die Zaubersträhne vom König. Das Zweiglein entflammte sofort, und er kehrte rasch in die Stadt zurück.
Überall im Königreich war die Freude groß: Binnen weniger Stunden hatten alle Bewohner endlich Feuer zu Hause. Man hielt es in großen Öfen, in denen man regelmäßig Holz nachlegen musste. Die ganze Nacht über und den folgenden Tag lang schmiedeten die Bewohner in den Kellern ihrer Häuser Waffen – Lanzen und Schwerter. Sie wollten ihn stürzen, diesen König, der sie so lange gezwungen hatte, im Dunkeln zu leben.
Am nächsten Abend liefen die bis an die Zähne bewaffneten Bewohner zum Palast des Königs. Als dieser verblüfft die brennenden Fackeln sah, die Flammen, die in der Dunkelheit tanzten und an den Spitzen der Schwerter und Lanzen emporzüngelten, begriff er, dass seine letzte Stunde geschlagen hatte. Er nahm die Beine in die Hand und floh auf seinem Pferd.
Im ganzen Dorf feierte man ein großes Fest: Es wurde ein riesiges Feuer angezündet, um das alle die ganze Nacht lang herumtanzten.

Das kleine Mädchen klappt das Buch wieder zu, steht auf und holt noch eins, sie liest weiter, immer weiter, als ließe sich so der Moment der Trennung hinausschieben.

Ich musste auch meine Kleidung weggeben, meine Bücher und Möbel. Dieses erzwungene Schenken ging jedes Mal unter Tränen und Geschrei vonstatten. Vor den Kindern jedoch, die in Erwartung einer Puppe oder eines Buches zu uns nach Hause kamen, verstummte ich. Mit ernster, feierlicher Miene hielt ich ihnen das Spielzeug hin.
Ich sehe es noch vor mir, das Spielzeug in den Händen der armen Kinder des Viertels, die Verwunderung in ihren Augen, ihr zaghaftes Lächeln. Doch sobald die Wohnungstür wieder zu war, rannte ich in mein Zimmer, wo mich die Angst packte angesichts des Raumes, der immer leerer wurde.
Ich fing wieder an zu weinen, manchmal schrie ich auch, bevor ich schließlich in eine Untergangsstimmung verfiel, in der ich nur noch reglos vor mich hin starrte. Ich fühlte mich schrecklich allein. Ich war überzeugt, dass ich mit zwei Ungeheuern zusammenlebte, die mir *alles* wegnehmen würden.

Meine Großmutter raufte sich die Haare, als sie erfuhr, dass die Spielsachen, die sie so sorgfältig und mit viel Liebe für mich ausgesucht hatte, an die Kinder im Viertel verschenkt wurden. Sie hat versucht, meine Eltern davon abzubringen, doch nichts konnte sie bremsen. Sie waren überzeugt, mir damit etwas Grundlegendes im Leben beizubringen: materielle Entsagung und Abschaffung des Eigentums.

Also schmiegte ich mich in jene weichen, warmen Arme. Sie waren mein einziger Trost. Meine Großmutter sagte wieder und wieder, sie würde mir neues Spielzeug kaufen, dass ich nicht weinen solle und sie für mich beten würde gegen diese Unmenschen von Kommunisten, während ihre zartgliedrigen, nach Orangenblüten und Rosen duftenden Finger mit den tadellos manikürten Nägeln mir die Kullertränen tiefster Verzweiflung wegwischten.

NOUCHÂBÉ

Heute ist mein Geburtstag. Ich werde fünf Jahre alt. Eine große Torte mit viel Sahne steht auf dem Tisch.

Nur einer fehlt: mein Onkel, der Bruder meiner Mutter. Er heißt Saman. Zu meinem Geburtstag schenkt er mir jedes Mal eine Blume, eine einzige, sie heißt »Golé Maryam«. Das ist unser kleines Ritual: zu jedem Geburtstag eine Golé Maryam. Ich mag ihren Duft schrecklich gern.

Diesmal ist er nicht da. Er wird nicht kommen. Es wird keine Golé Maryam zu meinem Fünften geben.

Das Telefon klingelt. Meine Mutter nimmt den Hörer ab. Sie hört zu, sagt kein Wort. Dann legt sie wieder auf.

Sie haben ihn verhaftet. Er sitzt im Evin-Gefängnis. Er hatte Flugblätter bei sich. Als die Polizei später seine Wohnung durchsuchte, haben sie auch eine Waffe gefunden. Er war gerade neunzehn geworden.

Schwarz gekleidete Frauen stehen Schlange, um ihre inhaftierten Angehörigen zu sehen. Stumme, schwarze Gestalten mit Einkaufskörben im Arm. Sie warten, dass ihre Besuchszeit beginnt.

Auch ich stehe zusammen mit meiner Großmutter an, kurz darauf sitzen wir meinem Onkel gegenüber. Zwischen uns

eine Glasscheibe. Ich muss über ein Telefon mit ihm reden. Er lächelt angestrengt. Ich weiß, wie schwer ihm dieses Lächeln fällt. Ich sage, dass die bärtigen Männer komisch riechen und hässlich sind. Er lacht los, fängt sich aber sofort und legt den Finger auf die Lippen, als Zeichen des Schweigens. Hier drin sagst du so was besser nicht. Auch meine Großmutter schimpft mit mir. Mir ist langweilig. Am liebsten würde ich gehen. Ich hasse diesen Ort, mein Onkel sitzt in einem Käfig, der von gemeinen Männern bewacht wird.
Ich denke an mein Spielzeug, das ich bald schon zurücklassen muss.
Ich möchte nicht wie er in so einem Käfig sitzen. Ich möchte dorthin gehen. Vielleicht ist es ja schön dort.

2005 – Paris – Auf der Terrasse des Cafés Sancerre aux Abbesses

Es ist spät, nach Mitternacht. Ich bin fünfundzwanzig. Vor mir sitzt mein Onkel Saman, daneben meine Mutter. Saman redet ununterbrochen. Noch nie war er so gesprächig. Da er schon ein paar Gläser getrunken hat, ist seine Zunge gelöst. Es ist das erste Mal, dass er vom Gefängnis erzählt.

Ich habe acht Jahre in einem der schlimmsten Gefängnisse der Welt gesessen. Ich habe meine Haare dort verloren, meine Zähne, meine Jugend.
Er trinkt einen Schluck Bier.

Im ersten Jahr teilte ich mir die Zelle mit einem bekannten Journalisten, dessen politische Schriften unter den iranischen Intellektuellen berühmt waren. Ich war ungemein stolz darauf, dass er in meiner Zelle saß. Allerdings hatte der prominente Widerständler eine merkwürdige Angewohnheit: Er schaute jeden Morgen denselben Trickfilm im Fernsehen. An dem Trickfilm war nichts Besonderes, ganz gewöhnlich, wie es sie tausendfach gibt, aber er schaute das Ding jeden Morgen, unverdrossen und mit unerschütterlicher Konzentration. Sämtliche Folgen guckte er, um keinen Preis hätte er auch nur eine Minute von den Abenteuern der Kleinen Nouchâbé (so hieß die Trickfilmserie) verpasst.
Schließlich halte ich es nicht mehr aus und frage ihn, warum er sich jeden Tag dieses Zeug ansieht. Es erstaunt mich, dass jemand wie er, eine Berühmtheit, bekannt für sein Engagement und inhaftiert wegen seiner politischen Ansichten, sich für diesen idiotischen Trickfilm interessiert, und um ehrlich zu sein, mache ich mir auch Sorgen, denn diese Besessenheit ist in meinen Augen ein Zeichen für seinen geistigen Verfall.
Der Mann hebt den Kopf und starrt mich an. Dann lächelt er und erklärt in aller Seelenruhe:
»Der Trickfilm ist nicht idiotisch, und ich bin noch völlig klar im Kopf, keine Sorge. Siehst du die kleine Nouchâbé? Die kleine sprechende Flasche in dem Trickfilm hat die Stimme meiner Frau.«
»Die Stimme deiner Frau?«
»Ja, sie ist Synchronsprecherin von Beruf. Sie spricht die

Figur, und auf diese Weise kann ich jeden Morgen ihre Stimme hören.«

Zurück in meiner Zelle, notierte ich in meinem kleinen Heft: »Nouchâbé«, damit ich es nicht vergaß.

Wie gern würde ich mein Leben lang Geschichten sammeln. Schöne Geschichten. In einen Sack würde ich sie stecken und mitnehmen. Um sie im geeigneten Moment einem aufmerksamen Ohr darzubringen und dabei zuzusehen, wie der Zauber in den Blicken entsteht. Ich möchte Geschichten in die Ohren sämtlicher Menschen säen. Es soll blühen, duftende Blumen sollen sprießen, anstelle all jener Blumen, die fehlen, die abwesend sind, für sämtliche Golé Maryams, die geschenkt werden sollten, aber nie geschenkt werden konnten.

ABBÂS

Unser Haus steht im Stadtviertel Tehranpars. Es ist der geheime Treffpunkt für politische Versammlungen der kommunistischen Untergrundbewegung. Jede Woche kommen Leute zu uns. Beim Betreten des Hauses blicken sie zu Boden, starren auf ihre Schuhe oder schließen die Augen, um nicht zu sehen, wo sie sind, um den Ort nicht wiederzuerkennen. Das ist die Regel: Wenn einer gefasst wird, soll er wenigstens den Treffpunkt nicht verraten können. Im Haus blicken sie wieder auf, und ich sehe sie aufmerksam an, auf der Suche nach einem bekannten Gesicht. Während der Versammlungen, auf denen die Großen an Flugblättern schreiben und unzählige Zigaretten rauchen, verfrachtet man mich in eine Ecke des Hauses, ich spiele oder zumindest tue ich so, ich weiß, dass ich nicht stören darf. Das da sind Angelegenheiten für Erwachsene, und im Übrigen nimmt auch niemand allzu große Notiz von mir. Niemand, außer einem.

Er heißt Abbâs. Unter all den Namenlosen ist er der Einzige, der sich für mich interessiert. Er kommt zu mir, hebt mich hoch und wirft mich lachend in die Höhe. Mit donnernder Stimme verkündet er, das Kind hier würde ihm Kraft geben, Kraft, um zu kämpfen, um zu den Waffen zu greifen, dass er für alle Kinder dieses Landes eine neue Revolution gegen diese Dreckskerle machen will und er bereit sei zu sterben für sämtliche Babys, die während der Revolution geboren wurden. Lächelnd sieht er mich an und setzt mich wieder unten ab.

Seine Augen leuchten, wenn er lächelt, und sogar, wenn er nicht lächelt. Er hat den Blick eines Schwärmers. Eine Sternschnuppe ist er, dieser Abbâs: Ihn erwartet kein langes Leben, denn sein Herz wird die gewaltige Menge an selbstloser Liebe irgendwann nicht mehr fassen können. Irgendwann wird sein Herz explodieren, und ich hoffe, dass die Welt dann über und über mit seiner Liebe übergossen sein wird.

Ich sehe ihn an und erkenne all das in seinen großen dunklen Augen, die vor Leben sprühen.

Eines Morgens klopft Abbâs' Mutter an unsere Tür. Ihre Augen sind rot. Sie kann kaum sprechen. Meine Mutter begreift sofort und bittet sie zu uns herein.

Mein Sohn wurde verhaftet, sie kamen mitten in der Nacht, er schlief. Sie haben ihn aus dem Bett gezerrt und nach draußen geschleift. Das Schlimmste ist, dass sie ihm keine Zeit gelassen haben, sich was überzuziehen, nicht mal seine Schuhe konnte er anziehen. In der Eile hat er es nur in eine Sandale geschafft, eine klägliche Plastiksandale, ich bin auf die Straße gerannt, hinter ihnen her, um ihm die andere zu geben, aber es war zu spät, das letzte Bild, das ich von ihm im Kopf behalte, ist sein nackter Fuß auf dem kalten Asphalt, bevor er in einem Auto verschwand.

Dann sagt sie nichts mehr. Sehr langsam öffnet sie ihre Handtasche, holt eine Sandale hervor und legt sie auf unseren Tisch.
Das da haben sie seiner Mutter dagelassen, das also bleibt von ihrem Sohn: eine Plastiksandale. Wieder und wieder sagt sie das Wort, mit weit aufgerissenen Augen murmelt sie es vor sich hin, sie sieht uns nicht mehr an, starrt nur auf dieses Ding dort vor uns auf dem Tisch. Die Frau jagt mir Angst ein, ich rücke ein Stück weg und verstecke mich hinter dem Bein meiner Mutter. Ihre Augen sind riesengroß und scheinen Dinge zu sehen, die wir nicht sehen können.
Ein paar Tage darauf trafen wir sie auf der Straße. Meine Mutter ging auf sie zu, um sie zu begrüßen. Sie sah uns seltsam an, wie ein gehetztes Tier, meine Mutter beließ es dabei, und wir gingen weiter. Sie hatte uns nicht erkannt. Ich fragte meine Mutter, warum sie so komisch gewesen sei, ihre weit aufgerissenen, aber ausdruckslosen Augen ... wirklich Furcht einflößend. Meine Mutter sagte nur kurz: »Sie ist verrückt geworden.« Der Vater starb ein paar Monate darauf an einem Herzanfall.
Und ich fragte immerzu: »Und Abbâs? Wo ist Abbâs?«, bekam aber keine Antwort. Manchmal ließ ich ab von der ewigen Fragerei, manchmal wollte ich partout nicht lockerlassen. Eines Tages, als ich mehr als üblich beharrte und meine Mutter am Rock zog, sagte sie mit schuldbeladenem Blick: »Er hat sich in eine Sternschnuppe verwandelt, da oben am Himmel.« Was sollte diese Sternschnuppengeschichte bedeuten? Ich war äußerst skeptisch. Fest

entschlossen, die Wahrheit über Abbâs' Schicksal zu erfahren, wandte ich mich an meinen Vater.
»Papa, wo ist Abbâs?«
»Er ist tot. Sie haben ihn im Gefängnis erschossen.«
Ich bin entsetzt. Mir kommen die Tränen. Ich laufe in den Garten, wo ich mich unter einem Feigenbaum verstecke, der mich vor dem Wahnsinn der Erwachsenen schützen soll.
Im Nachhinein frage ich mich, ob mir die Sternschnuppengeschichte nicht lieber ist.

Abbâs, der junge Revolutionär, der ins Leben Verliebte, die Plastiksandale, der Gefangene, der Erschossene. Noch immer höre ich die Stimme der armen Mutter, die bis an ihr Lebensende die zwei Wörter vor sich hin gemurmelt hat: eine Plastiksandale. Ich höre das Gemurmel sämtlicher Mütter, wie jede einzelne ihr Wort vor sich hin spricht, ihr eigenes Schmerzenswort, ihr Schinderwort, ihr Unrechtswort.

EIN KIND DER PARTEI

Wir sind zu dritt auf der Straße unterwegs. Ich bin ein knappes Jahr alt und sitze auf den Schultern meines Vaters. Ein Ehepaar, das mit seinem Kind spazieren geht. Was könnte gewöhnlicher sein? Zwischen meiner Windel und der Strampelhose: Versammlungsprotokolle der Oppositionspartei, für die meine Eltern aktiv sind. Meine Eltern müssen die Unterlagen zu einer anderen Zelle bringen, die sich irgendwo in der Stadt befindet. Mein Vater war auf die glänzende Idee verfallen, die Unterlagen in eine Plastiktüte zu wickeln und sie neben meine Windel zu stopfen. Er war sich sicher, dass die Miliz nie im Leben ein Baby durchsuchen würde. Tatsächlich war der Einfall so genial, dass ich an andere Kampfgefährten ausgeliehen wurde, die den gleichen Auftrag erfüllen mussten, nur dass es andere Protokolle waren, die anderen Zellen überbracht wurden. Ich war zum Kind der Partei geworden, zur großen Verzweiflung meiner Großmutter, die sich angesichts der Tatsache, dass ihre Enkelin wie ein Ding verborgt und für politische Zwecke benutzt wurde, wieder einmal die Haare raufte.

»Wer sind diese Leute überhaupt, diese Fremden, denen ihr sie borgt? Ich kann es nicht fassen: Ihr verborgt euer Baby! Und wenn ihr nun etwas zustößt? Sie ist euer Kind,

Herrgott, nicht das Kind der Partei! Und ich sage es gern noch mal: Sie ist meine erste Enkelin!«

Wir sind nie geschnappt worden. Später wurde das unsere Lieblingsanekdote. Voller Stolz erzählten wir sie allen und jedem, doch eigentlich musste ich immer daran denken, dass die politischen Ideen, für die so viele Menschen ihr Leben gelassen hatten, direkt neben meinen mit Exkrementen und Urin gefüllten Windeln gesteckt hatten. Am meisten jedoch störte mich genau wie meine Großmutter, dass man einen überaus wirksamen Gebrauchsgegenstand aus mir gemacht hatte, der von Hand zu Hand ging, ohne dass meine Eltern sich Sorgen um mich gemacht oder mich als ihr Eigentum betrachtet hätten.

DIE GESPENSTER OHNE MUND

Mitten in der Nacht schreckt der Vater schweißgebadet hoch, ihn verfolgt der ewig gleiche Albtraum: Er ist in einer Wüste, den Blick auf den Horizont gerichtet, schleppt er sich ziellos dahin, plötzlich strauchelt er über etwas, er blickt nach unten und erkennt eine Hand, die aus dem Sand ragt, die Hand eines Toten. Er läuft weiter, stolpert aber kurz darauf erneut, diesmal über einen Fuß, dann über ein Stück von einem Arm, einen Schädel, und jedes Mal fällt er fast, bis er schließlich vollkommen entkräftet stehen bleibt, sich umdreht und die weite Ebene hinter sich betrachtet: Er erkennt ein riesiges Leichenfeld, überall Gliedmaßen, Körperteile, die grausige Frucht der Erde. Er schreit und wacht auf.

Im Osten Teherans gibt es einen Friedhof, den Khâvarân-Friedhof, auch bekannt unter dem Namen »Lahnatâbâd«, was so viel heißt wie »Friedhof der Verdammten«. Wenn ein politischer Gefangener hingerichtet wurde, warf man seinen Leichnam dort in ein Massengrab. Keine Inschrift, keine Gedenksäule, nicht einmal ein schlichter Stein. Weite Einöde, die Erde trocken und schwarz. Zuweilen ging ein heftiger Regen auf die Stadt nieder, und die nur dürftig begrabenen Leichen wurden wieder an die Oberfläche ge-

spült, denn das Gelände war abschüssig. Da gingen die Oppositionellen ihre Toten im Namen der Würde ein zweites Mal beerdigen. Auch mein Vater ging zusammen mit seinen Kampfgefährten dorthin. Sie mussten sich übergeben, sie waren danach jedes Mal wochenlang krank, die Bilder der Leichen verfolgten sie, doch das alles spielte keine Rolle, es musste sein. Man konnte einen Leichnam nicht einfach liegenlassen, so ganz ohne Grab. Man konnte die Kameraden doch nicht einfach so verwesen lassen.
Verdammter Boden oder Heiliger Boden?
Für die Mütter der Verstorbenen war der Boden heilig, denn er barg den Leichnam ihrer Kinder, die geopfert worden waren, weil sie allzu hehre Träume hatten. Sie versammelten sich oberhalb der Massengräber, sie wussten nicht, wo genau ihr Sohn oder ihre Tochter begraben worden war, doch sie wussten, dass sie dort irgendwo unter der Erde lagen. Schon in aller Frühe konnte man sie sehen, sie waren in lange schwarze Tücher gehüllt, die im Wind flatterten. Majestätische, würdevolle Trauernde. Vereint im Schmerz, den Blick ernst vor Zorn und zugleich von Kummertränen feucht kamen sie gemeinsam hierher, um sich auf den unsichtbaren Gräbern zu versammeln, sie weinten und beteten, bis sie schließlich zu schreien begannen. Sie schrien »Allahu Akbar«, reckten die Faust zum Himmel und stießen Beleidigungen aus gegen die Barbaren, die das verbrochen hatten. Sie riefen, sie würden sich rächen, und dass nicht Menschen dieses Land regierten, sondern blutrünstige Ungeheuer.

Schreibend grabe ich die Toten aus. Darin also besteht mein Schreiben? Die Arbeit eines Totengräbers, nur verkehrt herum. Auch mir wird manchmal schlecht, es würgt mich, kommt mir hoch. Ich laufe über eine weite, lautlose Ebene, die wie der Friedhof der Verdammten aussieht, und grabe Erinnerungen aus, Anekdoten, schmerzliche oder ergreifende Geschichten. Zuweilen stinkt es. Der Geruch von Tod und Vergangenheit hält sich lange. Ich bin umgeben von all den Toten, die mich anstarren und anflehen, von ihnen zu erzählen. Sie verfolgen mich wie meinen Vater, der über Jahre hinweg jede Nacht schweißgebadet hochschreckte. Unsichtbar laufen sie hinter mir her. Manchmal drehe ich mich ruckartig auf der Straße um und blicke auf ausgelöschte Münder.

DIE ANGST

Eine Frau befindet sich auf einem Markt. Still steht sie da und beobachtet, wie die anderen Frauen ihre Einkäufe erledigen. Sie besorgen Obst und Gemüse, Brot, Fleisch, sofern es welches gibt, Süßigkeiten für ihre Kleinen. Sie schieben einen Kinderwagen vor sich her, haben Körbe bei sich, volle Einkaufstüten. Sie kochen Essen, sie kümmern sich um ihren Haushalt, besuchen die Verwandtschaft. Die Frau, die dort steht, begreift mit einem Schlag, dass sie anders ist, dass sie diesen Frieden nicht kennt und sie ihre Einkäufe nie wie jedermann erledigen wird, und Sehnsucht erfasst sie nach diesem beschaulichen Leben, das ihr nie vergönnt sein wird. Sie betrachtet die Marktstände um sich herum, alles erscheint ihr verschwommen, entrückt, wie in einem Traum. Sogar die Frauen sind unerreichbar, sie sind zu weit entfernt, als dass sie das Wort an sie richten könnte. Im Vorbeigehen streicht sie über den Mantel einer Frau, berührt bei einer anderen das Tuch oder die Tasche, um herauszufinden, ob all das tatsächlich existiert. Diese alltäglichen Vorgänge, die schlichten Momente: mit seinem Kind einkaufen gehen, an einer Melone schnuppern, mit leichtem Druck das Obst prüfen, um die richtigen Früchte auszuwählen, ein paar Worte, eine scherzhafte Bemerkung mit dem Verkäufer oder der Nachbarin wechseln – all das ist ihr verschlossen. Das einzig Wichtige ist der Kampf, sind die politischen Ansichten, Flugblätter und Versammlungen. Den Blick senken oder die Augen schließen, bewusst nicht auf den Weg achten, um später nichts wiederzuerkennen, sich sogar die Ohren zuhalten, nicht wissen, wohin es geht, hinterher nichts verraten können, man kann nie wissen, so viele wurden schon geschnappt, vor allem nicht sprechen, nichts sagen, sogar unter Folter schweigen, vor allem unter Folter. Folter, die unerträgliche Realität der Folter. Womöglich foltern sie ihren Bruder Saman genau in diesem Augenblick, während sie auf dem Markt steht und über die Frauen nachdenkt, die so vollkommen anders sind als sie. Sie stellt sich vor, wie seine junge Haut von Zigaretten verbrannt und verstümmelt wird, von Stromschlägen gequält, blutiges Fleisch, das in der Ecke einer Zelle liegt, von Urin und Exkrementen besudelt. Wenn Saman früher von der Schule kam, öffnete er hastig seinen Ranzen und machte seine Hausaufgaben direkt auf der Eingangstreppe. Er war ein dermaßen begeisterter Schüler, dass er es nicht abwarten konnte, sein Heft endlich zu öffnen. Er legte sich einfach lang, und jeder, der ins Haus wollte, musste über ihn hinwegsteigen.

Dieses Land mordet seine besten Kinder hin.

In ihre Gedanken mischen sich die Geräusche vom Markt, sie ist jetzt sehr weit vom Leben entfernt. Sie fühlt sich verlassen, Traurigkeit übermannt sie, am liebsten würde sie mit allem aufhören und ein geruhsames Leben führen wie die anderen. So sein wie alle. Doch es ist zu spät, wie soll man in ein *Davor* zurückgelangen? Sie beruhigt sich:

Ich kämpfe für diese Frauen, damit sie Rechte haben, ja, damit sie frei sind und stark, ich kämpfe für sie, für ihr Leben, was mich angeht, egal, ich zähle nicht, das spielt längst keine Rolle mehr.

Ein unbekannter Ort. Auf dem Weg hierher hat die Mutter den Blick gesenkt. Ein Mann, den sie nicht kennt, hat sie hergebracht.
Ein leerstehendes Gebäude. Kaputte Fenster. Schreibmaschinen, was zum Drucken. Man sieht sich kaum in die Augen, der Blick bleibt auf Blätter geheftet, die von Händen hastig geschwärzt werden, während andere auf der Schreibmaschine tippen oder die Druckerpresse bedienen. Augen lesen alles nochmals durch. Augen korrigieren. Es muss schnell gehen.
Plötzlich klopft es. Ein kalter Lufthauch durchweht den Raum. Alles hält den Atem an. Niemand rührt sich. Eine Stimme hinter der Tür ruft das Kennwort. Man öffnet.
»Wir müssen weg. Die Leute von der Bassidsch-Miliz sind jeden Moment hier.«
Die boshaften Göttinnen Angst, Tod und Folter kommen in den Raum gerauscht, erfüllen ihn mit ihrem dumpfen Lärm, kreisen sirrend über ihren Köpfen.
Ein Stoß Flugblätter im Arm, rennt die Mutter los. Ein Mann ruft ihr zu, alles liegenzulassen. Sie zögert. Die ganze Arbeit, das Risiko, das sie eingegangen sind, alles umsonst?
»Schmeiß das Zeug weg, verdammt, oder willst du etwa draufgehen? Hau ab.«

Die Flugblätter fallen zu Boden, sie läuft drüber, rettet sich stolpernd ins Treppenhaus, verirrt sich in den Gängen. Wo ist der Ausgang? Wo ist der Ausgang von diesem verdammten Gebäude?
Sie ist draußen, sieht sich um, hat keine Ahnung, wo sie ist.
Sie springt in ein Taxi.
Als sie sich umdreht und einen Blick durch die Heckscheibe des Taxis wirft, sieht sie, wie die Leute von der Bassidsch-Miliz ins Gebäude stürmen. Sie kauert sich auf dem Rücksitz zusammen, damit niemand sie sieht.
Zu Hause rennt sie sofort zur Toilette und kotzt.
Ich spiele in einer Ecke. Ich beobachte sie. Sie ist bleich. Verstört sieht sie mich an, unsere Blicke treffen sich. Sie stürzt auf mich zu und drückt mich fest an sich. *Zu* fest, es tut mir weh, und ihr Atem riecht nach fauliger Zitrone.

Wie ein Bienenschwarm schwirren Gerüchte durch die Straßen, dringen in jedes Ohr: Er ist verschwunden, wir haben keine Nachricht von ihm, sie wurde verhaftet, sie kannte uns, vielleicht sind sie ja ins Ausland geflohen, vielleicht, aber falls sie doch im Gefängnis sitzen, werden sie sie foltern, bevor sie sie hinrichten, jeder wird vorher gefoltert, und wenn sie unter der Folter reden, wenn sie uns verraten, wenn sie unter der Folter mit unserer Adresse rausrücken, was machst du dann, hm?
Ganz allmählich nistet sich die Angst in den Augen des Vaters und der Mutter ein, sie erfasst das Haus, die Straße, das Wohnviertel, schleicht sich in harmlose Gespräche

mit den Nachbarn oder den Händlern. Das geschmorte Essen schmeckt nach Angst, auch die Abende mit Freunden. Vertraute Stimmen klingen plötzlich fremd. Hände, die man schüttelt, können scharfe Gegenstände verbergen. Ein schnöder Witz kann zur Bedrohung werden. Jeder kann überall ein Verräter sein.
Der Tod hockt auf den Gipfeln des Elburs-Gebirges, das hinter Teheran aufragt.

DIE VERSCHARRTEN BÜCHER

Zum ersten Mal spüren der Vater und die Mutter, wie ihr revolutionärer Glaube schwindet. Als bekäme das Gebäude des politischen Engagements Risse, tauchen Falten in ihren sonst so entschlossenen Gesichtern auf. Sie öffnen die Augen und betrachten ihre fünfjährige Tochter, die auf der Straße mit den Kindern aus dem Viertel spielt. Sie öffnen die Augen und betrachten ihr Haus, das leere Wohnzimmer, in dem es weder wertvolle Möbel noch Teppiche gibt, keinerlei Nippes, und sie sehen die Schatten ihrer Kameraden, die so oft in diesem Raum zusammengekommen sind. Sie öffnen die Augen und erkennen zum ersten Mal die Zukunft, *ihre* Zukunft. Sie wollen leben. Doch dafür müssen sie fortgehen.

»Wir vergraben sie im Garten, unter dem Baum. Das ist das beste Versteck.«
»Und wozu? Du weißt genau, dass wir nie mehr zurückkommen, und selbst wenn, werden das Haus und der Garten nicht mehr da sein.«
»Egal, wir müssen es tun. Wir können sie schließlich nicht wegwerfen oder verbrennen oder, noch schlimmer, sie jemandem schenken.«

»Das stimmt, es wäre ein vergiftetes Geschenk.«
»Na los, hol die Bücher, ich grabe das Loch.«
Die Mutter legt Marx, Engels, Lenin, Makarenko, Che Guevara und all die anderen ins Loch. Der Vater schippt feuchte Erde darüber.
Die Kleine ist auch da. Sie steht auf der Eingangstreppe vorm Haus und beobachtet die beiden. Bei sich denkt sie, dass der Garten jetzt viele Dinge enthält: ihr Spielzeug, und nun auch die verbotenen Bücher ihres Vaters.
Sie hat sich geschworen, zurückzukommen und alles wieder auszugraben, später, wenn sie die Möglichkeit dazu hat.

August 2003 – Teheran – Im Stadtviertel Tehranpars

Zusammen mit meinem Onkel Saman stehe ich vor meinem Geburtshaus. Das Haus gibt es nicht mehr. Die Straße sieht anders aus, das gesamte Viertel ist nicht wiederzuerkennen. Dort, wo früher das Häuschen mit dem Garten stand, prangt ein modernes fünfgeschossiges Wohnhaus mit Tiefgarage.
Ich sage zu meinem Onkel: Als die Erde beim Bau des Hauses aufgebaggert wurde, müssen die Bauarbeiter die Bücher gefunden haben, ich kann mir vorstellen, was für Gesichter sie gemacht haben. Was sie wohl gedacht haben? Und wenn sie die Grube genau inspiziert haben, müssten sie eigentlich auch mein Spielzeug und die Träume meiner Mutter darin gefunden haben.

WARTEN

Es ist spät, und meine Mutter liest mir ein Buch vor. Ich kann nicht einschlafen. Das Vorlesen geht nur mühsam vonstatten, sie liest, wie man eine Pflicht erfüllt: In Gedanken ist sie woanders. Ich kann die Vögel, die über ihrem Kopf kreisen, immer seltener entdecken, nach und nach verschwinden ihre Träume. Es ist, als würde sie einen nach dem anderen verscheuchen.

»Mama, wo ist Papa?«
»In einem anderen Land.«
»Was ist das, ein anderes Land?«
»Dieses heißt Frankreich.«
»Frankreich? Und wann gehen wir dorthin?«
»Bald.«
»Wann ist bald?«
»Ich weiß nicht.«

Die Kleine stellt keine Fragen mehr. Sie begreift, dass man ihr immer nur ausweichend und auf unbestimmte Art antworten wird.
Sie schläft ein.

Wir sind bei meiner Tante, der Schwester meines Vaters. Die Stimmung ist angespannt. Meine Mutter will weiter im Iran studieren, sie kann sich nicht entschließen, einfach so fortzugehen, sie ist hin- und hergerissen.

»Es kommt nicht in Frage, dass du mit deiner Tochter hierbleibst.«
»Ich habe ja gar nicht gesagt, dass ich bleiben will.«
»Ja und? Was willst du tun?«
»Ich habe nur die Möglichkeit erwähnt, wieder mit dem Medizinstudium anzufangen.«
»Du wirst meinen Bruder ja wohl nicht allein in Frankreich lassen.«
»Ich habe eine neue Zugangsberechtigung für die Universität bekommen, das ist eine unglaubliche Chance.«
»Wie kannst du bloß so egoistisch sein?«
»Das ist *mein* Leben.«
»Nein, das ist durchaus nicht *dein* Leben, jedenfalls nicht mehr. Du hast einen Mann, der auf seine Familie wartet. Verstehst du das? Du musst gehen.«
»Es war seine Entscheidung. Nicht meine.«
»Na schön, dann wirst du Maryam nicht wiedersehen.«
»Was?«
»Du lässt dich scheiden, und das Kind kommt zu uns, schließlich sind wir die Familie des Vaters.«
»Dazu habt ihr kein Recht.«
»Und ob! In diesem Land kommt das Kind zum Vater.«
»Ich bin ihre Mutter.«
»Er ist ihr Vater.«

»Das ist Erpressung, ihr droht mir.«
»Du gehst. Als Ehefrau und Mutter ist es deine Pflicht.«

Am Himmel fliegt nichts mehr auf, nicht die kleinste Feder.
Da sind nur noch die Türme des Schweigens, die wie riesige Fragezeichen in den Augen des kleinen Mädchens aufragen.
Eines Nachts, da ist es sich sicher, hat es die Mutter im Garten gesehen, wie sie unterm Baum ihre Träume vergrub, einen nach dem anderen, dort, wo auch sein Spielzeug vergraben ist.

Das Mädchen zeichnet nicht mehr. Inzwischen hat es sämtliches Spielzeug an die Kinder im Viertel verschenkt, auch die Möbel aus dem Kinderzimmer, seine Kleidung und die Bücher. Das Geburtshaus wird immer leerer. Um die Zeit totzuschlagen, fährt es in der menschenleeren Straße Fahrrad. Es betrachtet Pfützen aus Benzin, in denen sich Regenwasser mischt. Ein Regenbogen auf dem Straßenasphalt. Es läuft einer Katze hinterher, pflückt Blumen und wirft sie schließlich wieder weg. Es wartet.

SCHWARZBART

1986 – Flughafen Teheran-Mehrabad

Eine Mutter sitzt mit ihrer Tochter auf einem Flughafen. Abflughalle. Das kleine Mädchen schaut sich um. Es wartet. Der Kleinen ist warm. Sie denkt nur an ihren Vater. Endlich wird sie ihn wiedersehen.

Da kommt ein Mann direkt auf die Mutter zu. Er guckt streng. Er sieht aus wie die Männer in dem Gefängnis, in dem der Onkel eingesperrt ist. Der gleiche Bart, gerunzelte Stirn, die Lippen zusammengepresst. Seine Hände nehmen der Mutter den Pass ab. Sie versteht nicht. Sie soll ihm folgen. Es gibt ein Problem. Sie steht auf und läuft schnell, fast muss das Mädchen hinter ihr herrennen.
Die beiden sind in Panik. Der Mann verschwindet in der Menge. Schließlich taucht er am Ende eines Ganges wieder auf. Inzwischen sind sie sehr weit von der Abflughalle entfernt. Dann sitzen sie vor ihm in einem kleinen Raum.

Wie gebannt starrt die Kleine den Mann aus großen Augen an, vor allem seinen Bart: er ist dicht, gelockt, lang und schwarz. Ein dunkler Wald, in dessen Dickicht kleine Zähne aufblitzen, wenn er spricht. Er bedeckt die Hälfte des Gesichts, von den Wangenknochen bis runter zum Hals. Die Kleine ist überzeugt, der Bart würde gern weiterwachsen, dass er gern noch mehr überwuchern würde, den Nacken, die Ohren, die Augenlider oder die Stirn. Sie stellt sich vor, das ganze Gesicht des Mannes wäre von Haaren bedeckt, und Angst erfasst sie.

»Du kannst nicht an Bord. Du wirst nicht fliegen. Dein Kopftuch sitzt nicht vorschriftsmäßig. Das islamische Gesetz ist da genau.«
»Wie bitte? Ich verstehe nicht.«
»Unter deinem Kopftuch gucken Haarsträhnen hervor.«
Hastig schiebt die Mutter die Strähnen unter das Tuch und zieht es tief in die Stirn. Jetzt rutscht es ihr fast über die Augen. Mit Nachdruck zieht sie den Knoten fest. Ihre Hände zittern.
»Ich bitte um Verzeihung, ich habe nicht aufgepasst.«
»Sei still.«
»Ich muss zu meinem Mann.«
»Ich habe gesagt, du kannst nicht einsteigen. Wir behalten dich und deine Tochter so lange hier, bis wir entschieden haben, was mit euch wird.«
»Aber meine Tochter muss zu ihrem Vater.«
»Sei still.«
»Ich bitte Sie, lassen Sie uns gehen.«
»Sei still, sag ich!«
»Ich will ins Flugzeug, Mama.«
»Wir können nicht.«

»Warum können wir nicht?
»Ohne Pass kein Flugzeug, ohne Flugzeug kein Papa.«

Plötzlich begreife ich. Ich werde meinen Vater nicht wiedersehen. So einfach ist das. Der böse Bärtige wird verhindern, dass ich ihn sehe. Wieder werde ich warten müssen, warten, all die Stunden ohne ihn, ohne meinen Baba.

Die Kleine fängt an zu weinen. Sie weint, schaut dabei den Mann an und ruft nach ihrem Vater: Baba. Sie ruft ihn zu Hilfe: Baba, Baba. Sie will ihn herzaubern, damit er sie beide aus Schwarzbarts Fängen befreit.
Nach und nach verwandeln sich die zaghaften, klagenden Tränen in ein heftiges Schluchzen, ein mächtiges Geheul, und noch immer nach ihrem Baba rufend, schlägt sie schließlich um sich. Etwas zerspringt. Sie klammert sich an ihre Mutter, um nicht vom Stuhl zu fallen.
Die Mutter ist wie versteinert. Den Blick ins Leere gerichtet, starrt sie vor sich hin. Man könnte meinen, eine Tote.
Das Mädchen nimmt nichts mehr wahr, nicht den Raum, nicht die Mutter. Wie unter Hypnose sind seine tränenverschmierten Augen auf einen einzigen Punkt vor ihnen gerichtet: den Pass, den der Mann in den Händen hält.
Es kann auch nichts mehr hören. Der Mann verlangt, sie soll still sein. Die Mutter reagiert nicht. Sie hört auf jeden einzelnen Schluchzer ihrer Tochter. Sie weiß, das ist die einzige Waffe, die ihnen bleibt, das panische Schluchzen ihres Kindes.
»Mach, dass sie still ist, sag ich.«

Sie wird nicht aufhören, er weiß es. Und plötzlich verändert sich der Blick des Mannes. Etwas zaghaft Freundliches tritt in sein Gesicht, die bis eben noch strengen Züge scheinen sich zu entspannen. Er hört, wie das Mädchen schreit, und dieses Wort, Baba, dringt ihm unter die Haut, nistet sich ein, steigt an die Oberfläche seiner Augen und öffnet sie mit einem Schlag.

»Ich habe auch eine Tochter. Sie ist fünf. Wie alt ist sie?«
»Bald sechs.«
»Wie lange hat sie ihren Vater nicht gesehen?«
»Sieben Monate.«
»Dazu hab ich kein Recht. Verschwindet. In einer halben Stunde geht ihr an Bord.«
Er wirft uns den Pass zu, und meine Mutter fängt ihn auf.

Wir rennen, rempeln Leute an, stoßen gegen Koffer und springen über Hindernisse. Wir tanzen. Wir tanzen, um dem Tod zu entrinnen. Ich klammere mich an deine Hand. Du läufst viel zu schnell, meine Füße berühren kaum den Boden. Ich fliege mit dir.
Meiner Mutter rutscht das Kopftuch übers schwarze Haar, sie zieht es hoch, es rutscht wieder herunter, Haarsträhnen wirbeln empor. Die Schöße ihres weiten langen Mantels sind wie zwei Hände, die auffahren und durch die Luft segeln, sie spenden unserer Abfahrt Beifall, unserem wilden Lauf Richtung Flugzeug, Richtung Freiheit.

Ich erkenne dich hinter der großen Glasscheibe, die die Flugreisenden von denen trennt, die auf sie warten. Am liebsten würde ich losrennen, hüpfen, ich kann einfach nicht stillstehen. Ich lasse die Hand meiner Mutter los, stürze in deine Arme und schmiege mich an dich, viele Stunden bleibe ich so, an dich geklammert. Ich sitze in einer Festung, die mich vor jeglichem Unglück der Welt beschützt. Hier drin kann mir nichts mehr etwas anhaben.

ES WAREN EINMAL DIE HÄNDE DES VATERS

Hände, die von unterschiedlichsten Materialien zerschunden und geprägt waren.
Zuallererst hatten seine Hände mit Geldscheinen zu tun gehabt: da war mein Vater Bankangestellter. Um den Hals eine Krawatte, in einem marineblauen Anzug mit zu langen Ärmeln, dazu schwarze Lackschuhe, die bei jedem Schritt quietschten, saß er hinter einem Schreibtisch, wo er mit einem Geschäftslächeln auf den Lippen Konten eröffnete, schloss oder sie leerräumte. Eine gute Stelle. »Die muss man sich warmhalten«, predigte ihm immer wieder seine große Schwester, eine herrische Person. Diese große Schwester, die ich Ameh Aziz nannte und die bis an ihr Lebensende Jungfrau blieb, erzählte allen: »Mein Bruder arbeitet bei der Bank Melli, der Nationalbank, ja, genau, er hat eine gute Stelle, Alhamdulillah«[2]. Jeden Morgen setzte er sich an den Schreibtisch, wo seine Hände mit Sparbüchern, Zetteln und Unterlagen voller abstrakter Zahlen herumhantierten, die nie vor seinen Augen tanzten.

2 »Gepriesen sei Gott.«

Eines Tages dann legten seine Hände heimlich Flugblätter in die Schubladen seiner Kollegen. Er war morgens immer sehr früh in der Bank, noch vor allen anderen. Er holte den Stapel schwarzbedruckter Flugblätter aus seiner Tasche und überflog die Überschriften: »Tod dem Diktator«, »Khomeini ist ein Mörder«, »Nach dem Shah, Khomeini: Was ist aus unserer Revolution geworden?« In jede Schreibtischschublade legte er ein Flugblatt, mein politisch aktiver Vater.
Jedes Mal, wenn er seine Blätter erfolgreich verteilt hatte, überkam ihn ein Schauer. Auch Stolz: Er riskierte was, war mutig. Eines Tages dann legte die Hand des Direktors meinem Vater ein Flugblatt vor. Mein Vater hob langsam den Kopf und sah, wie er mit ernster Miene vor ihm stand, bereit, ihn auf der Stelle zu entlassen. Der Direktor las das Flugblatt ruhig vor und fügte hinzu: »Sie sind gefeuert!«
Ameh Aziz wäre fast in Ohnmacht gefallen. Vor Verzweiflung schlug sie sich mit ihren von der Hausarbeit geschwollenen roten Pranken auf die Schenkel und an den Kopf, wie es Klageweiber im Orient am Grab eines Verwandten tun.
Mein Vater achtete nicht auf das Gejammer meiner Tante, er war in Gedanken bereits woanders. Er musste wieder auf die Beine kommen, und wenn er genau darüber nachdachte, war er eigentlich ganz froh, den Schlips endlich los zu sein, der ihm immer nur die Luft abgeschnürt hatte.
Seine Hände blieben nicht lange untätig. Sie suchten sich schnell andere Materialien, schließlich hatte er eine Familie zu ernähren. Ich war damals zwei Jahre alt, und meine Mutter arbeitete nicht, sie war gerade erst von der medizi-

nischen Hochschule geflogen – wegen der Teilnahme an einer Demonstration.

Damals begab er sich in die Welt des Metalls, genauer gesagt in die des Aluminiums: mein Vater stellte Rahmen her. In dieses »Business« hatte er sich zusammen mit dem Bruder meiner Mutter gestürzt. Dazu hatten sie die Garage und einen Teil des Gartens in ihren Bauplatz verwandelt. Natürlich handelte es sich um Schwarzarbeit, wie alle Jobs, die er später noch machen sollte. Ein paar von den Rahmen wurden verkauft, die meisten haben sie Nachbarn, Verwandten und Freunden angeboten, alles in allem sprang nur sehr wenig Geld bei der Sache raus.
Man musste sowieso weg aus diesem Land.

In Frankreich waren seine Hände zunächst vom Schrott geprägt, ständig waren sie voller Lackfarbe, die streng roch: da war mein Vater Autolackierer.
Jeden Tag war er drei Stunden im Auto zu seiner Werkstatt unterwegs, die einem türkischstämmigen Iraner gehörte, und immer geriet er in die verfluchten Staus. Seine extreme Nervosität hinterm Lenkrad stammt aus dieser Zeit. Ehrlich, ich glaube, die täglichen Staus haben ihn für immer traumatisiert, dass sie der Grund waren für seine ständigen Geschwindigkeitsüberschreitungen und die Strafpunkte, die er kassiert hat.
Eines Tages dann machte die Werkstatt dicht. Wieder war er arbeitslos, nur diesmal mit zwei Kindern, die es zu er-

nähren galt. Mein Bruder war gerade erst geboren worden, und meine Mutter arbeitete immer noch nicht.
Die verängstigten Hände mussten rasch etwas anderes auftun. Damals nahm die lange Abfolge von Werkstoffen ihren Anfang, fast könnte man sagen ihre Apotheose: Holz, Beton, Ziegelsteine, Zement, Kies, Wand- und Fußbodenfarbe, Ziegel, Spachtelmasse, Terpentinersatz, Nägel, Schraubendreher, Zangen, Parkett, Teppich, Fliesen – aus meinem Vater war ein veritabler Bauarbeiter und angesehener Heimwerker geworden. Er reparierte meine sämtlichen kaputten Gegenstände, angefangen vom Fahrrad bis hin zum Computer, selbst Schmuck. Er war mein MacGyver.
Ich habe ihn immer nur so gesehen: Über eine Arbeit gebeugt hockte oder saß er an seinem Tisch in dem Schuppen, den er sich in einer Ecke des Gartens hergerichtet hatte. Ein Häuschen, wo dicht an dicht all seine Werkzeuge hingen, der gesamte Heimwerkerkram – das war sein »geheimer Garten«, sein Rückzugsort. Drinnen roch es nach kaltem Zigarettenrauch, Öl und Staub, manchmal auch ganz leicht nach Tee. An der Wand hingen riesige, komplett verrostete Werkzeuge, Teile wie aus grauer Vorzeit, die er auf irgendeinem Flohmarkt erstanden hatte. Wenn Besuch da war, führte er die Schnäppchen voller Stolz vor. Mithilfe des Werkzeugs sagte er uns: Schaut her, meine Handwerkskunst stammt aus uralter Zeit, einer meiner Vorfahren hat sein Können einst an mich weitergegeben, und eines Tages habe ich all diese Werkzeuge im Regal eines alten Trödlers wiedererkannt.

Eines Tages dann arbeiteten seine Hände weniger, sie waren erschöpft. An einigen Stellen runzlig und rissig geworden, trugen sie außerdem die Spuren unzähliger Verletzungen, die Material und Werkzeuge hinterlassen hatten. Die Haut war inzwischen hart wie Leder. Ganz allmählich verlangte es sie nach Linderung, einer täglichen Ruhepause. Lange Zeit waren sie auf der Suche nach einer neuen Aufgabe. Sie wagten sich an Tinte heran, an Rohrfedern, Pinsel und Papier. Er zog Linien, malte Bögen, zeichnete knappe Striche und Schleifen. Seine Hände tanzten mit der Anmut eines Khayyâm, Rumi oder Hafis über die weiße Bühne des Papiers: mein Vater fertigte Kalligraphien.

Gleichzeitig und wie getrieben von einer geheimen Gewissheit machten sich die Hände daran, einen schwarz-klebrigen Teig zu kneten, aus dem sie kleine Kügelchen formten, die er über einem Kocher brannte: Er war zu einem Opiumraucher geworden. Den Kocher hatte er sich selbst gebastelt. Eine kleine, zur Hälfte mit Wasser gefüllte Plastikflasche mit einem Loch in der Mitte, in dem ein Strohhalm steckte. Er klebte sein Stück Opium an den Stiel eines zerschnittenen Metallbügels, hielt ihn an ein zweites Loch, das er in den Verschluss der Flasche gebohrt hatte, und erhitzte das Opium, das er über den Strohhalm inhalierte. Eine Art handgefertigte Wasserpfeife, nur mit Opium. Dass er rauchte, hörte ich am Geräusch des Metallstiels, der gegen den Rand des Kochers schlug, und am Blubbern des Wassers, wenn er einatmete.

Genau wie sein Vater, es waren die gleichen Handgriffe. Der Vater war gestorben, als er elf Jahre alt war, jetzt schien er ihn über die Opiumsitzungen aufzuspüren und ihr Gespräch fortzusetzen. Schwarz von Tusche brachen die Finger den Zucker, den er sich in den schwarzen Tee tat. Und dort, in jenem Schuppen, wo das vorzeitliche Werkzeug des alten unbekannten Trödlers direkt neben funkelnagelneuem Werkzeug aus dem Baumarkt hing, entstanden die schönsten Kalligraphien. Sie waren eine Hymne auf die alte persische Poesie und wurden im Lauf der Zeit so zahlreich, dass sie die vom Zigaretten- und Opiumrauch vergilbten Wände ganz und gar bedeckten. In diesem Verschlag, in dem kaum drei Leute Platz fanden, türmten sich die Bruchstücke seiner Existenz, dies hier war der Lebensweg meines Vaters. Auf seiner Werkbank lag direkt neben einem Schraubenzieher ein Kalligraphiepinsel. Diese Zusammenstellung sagte mehr über ihn als jedes Bekenntnis seinerseits.

Manchmal bewegten die Hände des Vaters auch eine Computermaus. Dann durchforsteten sie oft bis zum Morgengrauen iranische Websites. Sie klickten auf Links, die zu wieder anderen Links führten, drangen ein in das seltsame mediale Labyrinth und verirrten sich in seinen verschlungenen Gängen, in denen es immer nur um Verhaftungen und Todesstrafen ging. Die Fotos von gehängten Jugendlichen, die in Teherans Straßen an Kränen baumelten, ließen seine Hände für einen Augenblick erstarren, bedrückt nahm er einen kräftigen Zug von der Zigarette, seufzte und murmelte ein paar Worte der Verzweiflung, bevor er seinen nachtwandlerischen Rundgang in den konzentrischen Kreisen des Netzes wieder aufnahm, immer von einer Seite zur nächsten. Ich predigte dir immerfort, damit aufzuhören, dir die schockierenden Horrorbilder nicht mehr anzuschauen. Doch du hast jedes Mal nur entgegnet, es sei das Einzige, was dir noch blieb, das Einzige, was von deinem Kampf übrig blieb: dich zu informieren, informiert zu bleiben und die anderen zu informieren.

Du hast dir die Fotos und Videos angeschaut und wusstest tief in deinem Innern, dass du genau wie die anderen Einwanderer geworden warst. Mit der Zuerkennung der französischen Staatsangehörigkeit warst du kein politischer Flüchtling mehr, doch Franzose warst du auch nicht. Und dein einstiger Kampf war inzwischen bitter geworden, eine Nichtigkeit.

Und eines Tages dann haben deine Hände die Erde neben einem von dir erworbenen kleinen Landhaus umgegraben, zwei Stunden von Paris entfernt. Du sagtest, das sei immer dein Traum gewesen, seit zwanzig Jahren schon, ein großer Traum. Du zogst dich am Wochenende dorthin zurück, später bliebst du manchmal die ganze Woche über da, du wolltest dein Leben dort beenden, deinen Ruhestand auf diesem Stück Land verbringen. Deine Hände buddelten die Erde auf, gruben sie um und legten Samenkörner hinein, und immer alles ohne Kunstdünger und Pestizide, um den Boden nicht auszulaugen. Du warst ein echter »Bio-Bauer«. Voller Stolz ernteten deine kräftigen,

mit Hornhaut überzogenen Finger Zucchini, Kartoffeln und Gurken, die du meiner Mutter wie Trophäen auf den Küchentisch legtest.
Auf dem Land fandest du zu deiner längst vergangenen Kindheit in den Obstgärten nördlich von Teheran zurück, wo du viele Sommer lang zusammen mit deinen Cousins bei der Ernte geholfen hattest.
Ich habe dich selten so gelöst und glücklich gesehen wie dort, auf deinem Feld, wo du jedes Mal bis zum Einbruch der Dunkelheit bliebst.

DIE GESCHICHTE WIEDERHOLT SICH

Mein Vater beschloss eines Tages, zur iranischen Botschaft in Paris zu gehen, um einen iranischen Pass zu beantragen: Er wollte für ein paar Tage in sein Land zurückkehren. Er wollte seine Verwandten wiedersehen, die Straßen und Gerüche wiederfinden, den Lärm und das Licht von Teheran.

Juni 2009 – Teheran – Proteste nach den Präsidentschaftswahlen

»Sie haben unsere Revolution gestohlen.
Sie haben unsere Demokratie gestohlen.
Sie haben unsere Stimmen gestohlen.«

Er steht auf der Straße, in der Nähe des großen Hafte-Tir-Platzes. Er läuft nicht mit, er schaut nur zu. Er sieht die Tausenden Iraner vorüberziehen, alle tragen sie grüne Armbinden. Wie gern würde er sich ihnen anschließen. Er sieht die Münder Parolen skandieren: »Tod dem Diktator.« Er hört den Takt ihrer Schritte, und sein Herz pocht. Wie gern würde er sich ihnen anschließen. Er sieht Männer auf Motorrädern, in der Hand Macheten, die sich einen Weg durch die Menge bahnen und auf alles, was sich bewegt, einschlagen. Er sieht Körper zu Boden sinken, Männer und Frauen, die rennen, um sich in Sicherheit zu bringen. Er ballt die Fäuste, in seinem Innern bäumt sich alles auf. Wie gern würde er sich ihnen anschließen. Er sieht Rauch, Blut, und seine ganze Vergangenheit taucht wieder vor ihm auf. Er sieht sich wieder mit neunundzwanzig, als er in Wien lebte, wo er Film studierte, alles dort hatte er aufgegeben, um zurückzukommen und durch diese Straßen hier zu ziehen, dieselben Parolen zu skandieren, denselben Verletzten Hilfe zu leisten. Wie gern würde er sich ihnen anschließen, so wie er es vor dreißig Jahren getan hat. Inzwischen aber ist er neunundfünfzig. Still steht er da, hilflos am Rande des Bürgersteigs, ein betrübter Zaungast, der sich fragt, was in ihm vorgeht. Ringsum hat sich nichts verändert. Die Geschichte wiederholt sich, aber etwas *in ihm* hat sich verändert: Er ist älter geworden, er hat Angst, er will nicht mehr für irgendwelche Ideen sterben. Er nimmt mit diesem Stück Gehweg vorlieb, weil das Leben auf diesem Stück Gehweg ein ganz klein wenig sicherer ist. Also schaut er nur zu, die Augen vor Entsetzen und Ohnmacht weit aufgerissen, damit er berichten kann, was er gesehen hat, mehr kann er nicht tun.

Im Juni 2009 waren Nacht für Nacht die herzzerreißenden Stimmen von Teherans Einwohnern zu hören, die »Allahu Akbar« riefen. Die Einwohner stiegen auf die Dächer der Häuser und riefen Gott an. Nur diese zwei Wörter: Allahu Akbar. Mein Vater wachte auf und dachte, der Muezzin würde singen. Dann begriff er, dass es die Stimmen der Einwohner waren, die die göttliche Gerechtigkeit anflehten, sie riefen die Rache Gottes herbei, er sollte die Betrüger, die unschuldige Demonstranten niedermetzeln ließen, strafen. Nachdem er die Schreie gehört hatte, fand er nicht mehr in den Schlaf. Wie gern hätte er seine Stimme mit ihren vereinigt, doch er brachte die beiden Wörter partout nicht über die Lippen. Seit Langem befand er sich im Krieg mit dem Islam, und allein der Name Allah weckte Hass und Rachsucht in ihm.

Dann bist du nach Frankreich zurückgekehrt, hast wieder angefangen zu arbeiten, deine Ferien waren zu Ende.
Meine Mutter und ich haben dich vom Flughafen Orly abgeholt.
Du machst einen verstörten Eindruck, wie verletzlich dein Körper wirkt. Du erinnerst mich an einen kleinen Jungen, der getröstet werden will. Als wir beide dich in unsere mütterlichen Arme nehmen, brichst du in Tränen aus. Du weinst über alles, was du dort mit angesehen hast. Es muss abfließen, muss raus aus dir. Schweigend trocknen wir deine Tränen.
Einen ganzen Monat lang sprichst du so gut wie kein Wort. Nachts besuchst du keine iranischen Websites mehr. Du hast das Tor zum teuflischen Labyrinth der Informationen geschlossen. Deine Hände tun nichts mehr. Regungslos liegen sie auf deinen Knien: Sie fühlen sich schuldig und warten auf den Urteilsspruch durch das Tribunal in deinem Kopf. Du gehst hart mit dir ins Gericht. In dem

Prozess, den du in deinem Innern führst, klagst du dich an, feige und alt zu sein, doch es ist nicht Feigheit, sondern schlicht Lebenslust.

2014 – Indien – Kerala

Ich nehme Yogakurse auf dem Dach eines Bungalows. Mein Lehrer ist ein Serbe, der seit fünfzehn Jahren nicht mehr in seiner Heimat gewesen ist.

»Du bist Iranerin? Das ist das erste Mal, dass ich eine Iranerin in Indien treffe. Ich war auch mal im Iran, weißt du, ist schon lange her. Kurz nach der Revolution, im September 1979, wenn ich mich recht entsinne. Ich war gerade quer durch Europa und die Türkei gewandert und kam halbtot in dieses Land, vom vielen Wandern konnte ich nicht mehr, meine Füße waren total kaputt, ich war so gut wie blank und hatte ziemliche Angst wegen dem, was dort gerade passiert war. Mit einem Wort, ich hatte echt keine Ahnung, was ich da wollte, und wieso ich überhaupt dort gelandet war.
Mein erster Abend in Teheran war diffus, alles verschwommen, in dichten Nebel gehüllt, wie ein Schlafwandler lief ich durch die lauten Straßen. Ich betrachtete die Schilder an den Geschäften, versuchte, einen Blick oder ein Lächeln zu erhaschen, mit irgendwem in Kontakt zu kommen, aber die Frauen, die an mir vorbeigingen, warfen mir nur verstohlene Blicke zu. Ich sah wohl ziemlich wüst aus. In

der Luft lag ein Geruch nach Diesel, Rauch und verbranntem Holz. Irgendwann sprach mich ein Mann auf Englisch an. Er lud mich zu sich nach Hause ein. Er war ein politisch aktiver Student, der versuchte, aus seinem Land zu fliehen. Einer seiner Brüder saß im Gefängnis. Wir unterhielten uns über Politik, Kampf, Revolution und Religion. In seinem Wohnzimmer hing ein Bild von Che Guevara. Keine Ahnung warum, aber beim Anblick des Bildes hätte ich am liebsten losgeheult. Ich spürte das Drama der iranischen Revolution. Dort in dem Zimmer konnte ich den Geruch eines zerstörten Traums wahrnehmen, das ganze Desaster dieser irren Kraft. Irgendwann stand der Student auf und kam mit einer Opiumpfeife und einem kleinen Gasbrenner für die Kohle zurück. Er fragte mich, ob ich mit ihm rauchen wolle. ›Um zu vergessen‹, wie er lachend sagte.

Wir haben geraucht. Mein Körper sank in den Teppich ein, mein Kopf in das bestickte Kissen, mein Blick verlor sich in dem verschlungenen Muster des Vorhangs, und ganz allmählich schlief ich ein.«

WAS HEISST ES, PERSERIN ZU SEIN?

Teheran – Gespräche mit Cousinen – 2013 – »Miami-Party«

In einer schicken Villa im Viertel Niavaran, im Norden Teherans, wurde eine Party gefeiert.
Das Motto des Abends lautete: »Miami-Party«. Das Konzept: Die Mädchen tragen Bikinis und die Jungs Badeshorts, alle sitzen um einen großen Swimmingpool herum, man trinkt Cocktails und Champagner, raucht Gras, tanzt oder hüpft in den Pool. Miami eben!
Es war sterbenslangweilig. Selten habe ich mich so gut amüsiert.

Drei Wochen später wurden sämtliche Gäste der Miami-Party anhand von Fotos, die auf Facebook gepostet waren, identifiziert und festgenommen, entweder zu Hause oder im Gymnasium. Alle wurden sie ausfindig gemacht.
Eines Nachmittags klingelt es an der Wohnung meiner Cousine. Sie ist nicht zu Hause, weil sie mit ihren Freundinnen gerade durch ein Shoppingcenter bummelt.
Meine Tante öffnet, vor ihr stehen zwei Männer und eine Frau:

»Sind Sie die Mutter von Zhara Zâhedi?«
»Ja.«
»Wo ist Ihre Tochter?«
»Worum geht's denn?«
»Anstößiges Verhalten, Verletzung der guten Sitten, Missachtung des islamischen Gesetzes.«
»Wovon sprechen Sie überhaupt?«
»Von der ›Miami-Party‹ in Niavaran. Wir haben die Fotos.«

Die Whiskyflaschen von meinem Mann! Wenn sie das Haus durchsuchen, werden sie sie finden. Wo sind sie? Im Wohnzimmerschrank, und im Schlafzimmer steht auch eine!

Meine Tante wirft die Tür zu. Sie stürzt in die Wohnung zurück, schnappt sich die Flaschen, kippt den Inhalt in die Toilette, drückt die Spülung, versprüht Parfum und schmeißt die Flaschen aus dem Fenster in den Hof, wo sie mit dumpfem Geräusch in den Büschen landen.
Unterdessen trommeln die anderen wie wild an die Tür und drohen mit Strafmaßnahmen, sollte sie nicht sofort aufmachen.
»Bitte entschuldigen Sie«, sagt sie, als sie mit zerzaustem Haar und einem Herzstillstand nah die Tür ein zweites Mal öffnet.
»Was haben Sie versteckt?«
»Nichts. Sie können alles durchsuchen.«
Meine Cousine musste für drei Tage ins Gefängnis und kam nur dank des Bündels Geldscheine wieder frei, das

mein Onkel abgeliefert hatte. Sie war gerade mal sechzehn Jahre alt.

2009 – Eine Zweitfrau

Vier Jahre früher hat meine Cousine Simine geheiratet. Jetzt hat sie einen dreijährigen Sohn. Sie hat Abitur, arbeitet aber nicht.

»Mein Mann ist eines Morgens aufgestanden und hat mir ins Gesicht gesagt: ›Ich will mir eine Zweitfrau nehmen.‹«

»Wie bitte? Du willst dir eine Zweitfrau nehmen? Machst du Witze?«

»Durchaus nicht, es ist mein voller Ernst. Ich habe das Recht dazu, ich kann sogar bis zu vier haben. Die Fabrik läuft gut, ich habe genug, um ein zweites Haus für meine Zweitfrau zu kaufen, ergo stimme ich mit den Gesetzen des Islam voll und ganz überein.«

»Hast du deine Zweitfrau etwa schon getroffen?«

»Darum rede ich ja mit dir darüber.«

»Du Mistkerl.«

»Sagen wir, ich langweile mich allmählich mit dir, außerdem hast du ein Haus, einen Sohn und eine hübsche Küche, es hat dir nie an etwas gefehlt. Also, hab ein bisschen Verständnis.«

»Verständnis? Wofür? Dass du mir ins Gesicht spuckst? Wenn du das tust, lasse ich mich scheiden. Das schwöre ich dir.«

»Also, zunächst mal wirst du etwas leiser reden und auf-

hören, mir zu drohen. Du willst dich scheiden lassen, nur zu, ich halte dich nicht auf.«
»Du Arschloch, verwöhnte Rotzgöre du, immer hat dir dein Vater alles hinten reingeschoben und jetzt langweilt sich der feine Herr mit seiner Frau, er will noch eine, wie das Spielzeug, von dem er schon als Kind nicht genug bekommen konnte, du Hurensohn, verschwinde aus diesem Haus oder ich haue auf der Stelle ab.«

Er hat mich geohrfeigt und an den Haaren ins Schlafzimmer geschleift, dann hat er mir noch mal ins Gesicht geschlagen und mit erhobenem Zeigefinger gedroht: ›Pass auf, was du sagst, in diesem Haus entscheide ich, du bist nichts ohne mich, du bist nur eine Frau.‹
Wir haben uns scheiden lassen. Ich habe das Sorgerecht für meinen Sohn verloren. Er lebt bei ihnen. Nachts stelle ich mir vor, wie mein kleiner Junge in ihrem Bett liegt, zwischen dem Körper der Zweitfrau und dem von meinem Exmann. Wenn ich daran denke, dreht sich mir alles um.«

2003 – »San Francisco oder Los Angeles?«

Ich bin unterwegs mit meiner Cousine Sharnaz. Sie ist eine Rebellin, liebt das Spiel mit dem Feuer und lässt sich nichts verbieten. Gerade ist sie neunzehn geworden. Wir sitzen in ihrem Auto. Sie raucht, und ich bemerke den Abdruck ihres Lippenstifts am Zigarettenfilter. Sie trägt eine riesige schwarze Brille von Gucci, topmodisch. Ihr leuchtend orangenes Tuch bedeckt kaum ein Viertel ihrer Haare.

»Siehst du die Straße da, das ist die ›Jordan Street‹, die jungen Leute nennen sie so.«
»In dieser Straße gibt's einen Haufen junger Leute. Wozu sind die alle hier?«
»Zum Anbaggern.«
»Aber sie sprechen doch überhaupt nicht miteinander. Wie können sie dann jemanden anbaggern?«
»Maryam, wach auf, wir sind hier nicht in Paris (das Wort ›Paris‹ spricht sie betont französisch aus). Wir sind in Teheran, der Stadt des Lasters und des Verbrechens (das sagt sie mit verruchter Ganovenstimme).«
Ich fange an zu lachen.
»Dann erklär mir mal den Trick, wie man in der Stadt des Lasters und Verbrechens jemanden anbaggert.«
»Weißt du, das ist ganz einfach, *unsere* Revolution sind das Handy und das Internet. Warte, ich halte hier kurz, dann wirst du schon sehen.
Da vorn, siehst du das junge Mädchen mit dem hellblauen Kopftuch, sie ist unterwegs auf der Straße, soweit scheint alles normal. Da, jetzt hat sie einen Typen ausfindig gemacht. Hast du gesehen, wie sie ihm kurz zugenickt hat?«
»Ich habe gar nichts gesehen.«
»Maryam, verdammt, pass gefälligst auf, ich zeige dir was, was du sonst nirgends zu sehen bekommst. Also schön, weiter. Sie hat einen Typen ausfindig gemacht und ihm zugenickt. Der Typ macht sich nun auf und folgt dem Mäd-

chen. Siehst du, wie diskret er das tut, das ist fast schon professionell. Sie bleibt vor einem Schaufenster stehen und tut, als würde sie sich irgendetwas ansehen. Der Typ bleibt ebenfalls stehen, genau vor demselben Schaufester. Siehst du die beiden? Sperr deine Augen auf.«

»Sie hat ihm blitzschnell etwas zugesteckt.«

»Bravo, klappt doch, jetzt hast du den persischen Blick drauf. Sie hat ihm ihre Nummer gegeben, dann ist sie weg. Der Typ wird sie anrufen, und dann gehen sie entweder nach San Francisco oder nach Los Angeles.«

»Wie bitte?«

Sie lacht schallend los.

»Der Typ wird das Mädchen fragen, ob sie nach San Francisco will oder nach Los Angeles. Das ist ein Code. San Francisco bedeutet: man knutscht und fummelt ein bisschen herum, nur Vorspiel, sonst nichts. Los Angeles, nun ja, da heißt es aufgepasst, der Schritt will überlegt sein, man geht bis zum Ende und fickt.«

»Und so machen das alle Jugendlichen in Teheran?«

»Nein, es gibt die unterschiedlichsten Versionen, wir haben schließlich Phantasie, klaro?«

2003 – Das rote Kopftuch

Ich bin auf dem Weg zu meiner Tante Ameh Aziz. Gerade will ich eine Straße überqueren, als ein Polizeiauto angerast kommt und mit quietschenden Reifen direkt gegenüber hält. Heraus springen zwei komplett verschleierte

Frauen, die sich auf ein junges Mädchen stürzen, das ein rotes Kopftuch trägt, dazu Espadrilles, aus denen lila lackierte Fußnägel hervorlugen. Das Mädchen wehrt sich, die Frauen schlagen ihr ins Gesicht, es schreit, ruft um Hilfe. Die eine gibt ihr eine Ohrfeige, die andere zieht sie an den Haaren.

Später werde ich erfahren, dass es sich um eins der »Fatmeh-Kommandos« handelt: eine Art Sittenpolizei. Die Fatmeh-Kommandos bestehen aus Frauen, die Frauen attackieren, die nicht korrekt verschleiert oder auf provozierende Weise gekleidet sind. »Auf provozierende Weise« heißt: mit der Absicht, den reinen, keuschen Geist des Mannes zu beflecken, der natürlich stets bemüht ist, sich von diesen teuflischen Geschöpfen nicht in Versuchung bringen zu lassen, der mit seinen Gedanken allerdings derart tief im Arsch und im Geschlecht der Frauen steckt, dass schon das kleinste weibliche Härchen ihn vom rechten Weg abbringt.

Die beiden vom Fatmeh-Kommando zwingen das Mädchen in den Wagen und schaffen es fort.

Ein paar Sekunden lang regt sich nichts auf der Straße. Dann kehren die Autos und Fußgänger wieder zu ihrem gewohnten Alltagstrott zurück, als wäre nichts geschehen. Wie angewurzelt stehe ich da und starre mit aufgerissenen Augen auf einen Punkt, dorthin, wo eben noch ein junges Mädchen mit rotem Kopftuch und sorgfältig lackierten lila Nägeln stand.

»In diesem Land kommt es selten vor, dass eine Frau die Leitung über Männer hat. Bei mir sind es mehr als vierhundert.«

»Gehört das Unternehmen dir?«

»Ja, ich habe es von meinem Vater geerbt. Es lag ihm sehr viel daran, es mir zu vererben. Gut, ich war sein einziges Kind, hätte er einen Sohn gehabt, hätte er es natürlich seinem Sohn vererbt.«

»Ist es schwer als Unternehmensleiterin im Iran?«

»Ja und nein. Nicht schwerer als woanders auch, nehme ich an. Nach allem, was man hört, ist es in Europa für Unternehmensleiterinnen genauso schwer, Arbeit, Privates und Familienleben unter einen Hut zu bringen.«

»Wie übrigens für alle Frauen, die Familie haben und gleichzeitig arbeiten. Bist du verheiratet?«

»Nein, kein einziger Mann wollte mich je zur Frau. Ich mache ihnen Angst!«

»Ist das dein Ernst?«

»Ja. Sieh mich an: Ich bin dreiunddreißig Jahre alt und nicht gerade hässlich, habe ein stattliches Vermögen geerbt und komme von der besten Universität des Landes. Außerdem habe ich noch einen Master in Betriebswirtschaft in London gemacht. Ich spiele sehr gut Santur und Klavier und kann phantastisch kochen. Aber für iranische Männer bin ich ›unnahbar‹, ja beinahe unantastbar.«

»Du bist ihnen zu klug.«

»Ja, sie ergreifen die Flucht vor mir, weil ich über eine gewisse Macht verfüge, sowohl finanziell als auch intellektuell. Hier träumen die Männer nicht von dieser Sorte Frau. Sie fühlen sich eingeschüchtert. Ich bin dazu verdammt, auf ewig unverheiratet zu bleiben.«

2003 – Das Quiz

Ich sitze mit meinem Cousin in dessen Auto. Wir sind auf dem Weg in ein Viertel im Süden Teherans, wo er seinen Wagen reparieren lassen will, bei »Reza Yek Cheshm«, dem »einäugigen Reza«, einem befreundeten Automechaniker, der seit einer üblen Schlägerei nur noch ein Auge hat. Plötzlich kreuzen zwei Polizisten auf Motorrädern auf und zwingen uns, rechts ranzufahren. Sie fragen uns, welcher Art unsere Beziehung sei. Mein Cousin antwortet, wir seien verwandt, dass sein Vater mein Onkel und meine Mutter seine Tante sei. Sie nehmen uns jeweils einzeln beiseite und befragen uns zu unseren Familien.

»Name eurer Väter und Mütter.«
»Alter eurer Väter und deren Beruf.«
»Alter eurer Mütter und deren Beruf.«
»Sämtliche Onkel und Tanten, Name ihrer Ehemänner und Ehefrauen und der ihrer Kinder.«
»Eure Brüder und Schwestern, Name und Alter.«
»Die Adresse eurer Großeltern.«
»Alter eurer Großeltern.«

Anschließend vergleichen sie unsere Angaben, um zu sehen, ob sie übereinstimmen.
Dann verlangen sie, dass wir mit eingeschaltetem Lautsprecher anrufen, ich meinen Onkel, also seinen Vater, und er meine Mutter, seine Tante.
Mein Cousin sagt, seine Tante wohne in Frankreich. Der Polizist antwortet, das sei kein Problem, sie hätte doch bestimmt trotzdem ein Telefon, also könne er sie auch anrufen.
Wir gehorchen. Nachdem wir ein paar Belanglosigkeiten mit ihnen gewechselt haben, legen wir auf.
Man lässt uns weiterfahren.
Von so viel Absurdität bin ich wie benommen. Ich weiß nicht mal, ob ich Angst haben oder lachen, losheulen, schreien oder mich aufhängen soll.
»Wenn du wieder in Frankreich bist, wirst du die Sache bestimmt überall rumerzählen. Ich schäme mich so. Bitte, erzähl es niemandem!«

2011 – Peking

Ich sitze in einer teuren Bar für Ausländer. Freunde stellen mir einen Mann um die fünfzig vor. Als er erfährt, dass ich aus dem Iran stamme, bekomme ich sogleich seine persische Anekdote präsentiert.

»Ich hatte beruflich im Iran zu tun, da ich für einen Mineralölkonzern tätig war. Eine Woche lang war ich in Teheran. Weißt du, ich hab nicht viel gesehen von der Stadt oder den Menschen dort, es war eine Geschäftsreise, aber eins ist mir im Gedächtnis geblieben. Wir waren gerade auf dem Weg zu einem Restaurant im Norden der Stadt, in einem der besseren Viertel, und saßen im Auto. An einer roten Ampel hält neben uns ein prächtiger schwarzer Porsche. Die Scheibe ist unten, und ich sehe eine wunderschöne Frau, die Lippen knallrot, über den Augen ein perfekt gezogener Lidstrich. In dem Moment rutscht ihr weißer Schal über die Haare und enthüllt ihr kohlrabenschwarzes Haar. Mit einer langsamen, sinnlichen Geste richtet sie den Schal wieder, wendet den Kopf und blickt uns verführerisch und auf seltsam durchtriebene Weise an, ihre roten Lippen öffnen sich leicht und ihr Lächeln lässt blendend weiße Zähne erahnen. Dieses Lächeln war wie die strahlende Verheißung Tausender Freuden. Die Ampel schaltete auf Grün, sie gab sofort Gas und zischte davon.

Ich konnte es nicht fassen. Vollkommen entgeistert saß ich da. Was für ein paradoxes Land!«

KHAYYÂM NOCH UND NÖCHER

Der Zauber des Orients ... Die Gemälde von Delacroix, du weißt schon, Frauen, die sich lasziv auf einem Divan räkeln, so stelle ich mir iranische Frauen vor.
Als du zum ersten Mal ins Lehrerzimmer kamst, musste ich sofort an die Frauen bei Delacroix denken. Dein dickes lockiges Haar, wie du dich bewegt hast, deine verführerische Art zu reden, deine dunklen Augen, schon sah ich dich träge zwischen goldbestickten Kissen liegen.
Perserin zu sein, ist echt klasse!

Ja, Sie haben Recht, wirklich klasse, das. Die Revolution, zwei Onkel im Gefängnis, Flugblätter in meiner Windel, unser Abflug in letzter Sekunde, das Exil, mein Opium rauchender Vater. Ich bin mir darüber im Klaren und habe die romantischen Aspekte daran oft betont. Auf Partys im bürgerlich-intellektuellen Pariser Milieu oder beim ersten Treffen mit einem Mann, um ihn zu verführen, aber auch gegenüber Touristen, die über die Seidenstraße durch den Iran gereist waren oder vor Ausgewanderten, die dort gearbeitet hatten. Die meisten Leute kennen den Iran aus den Medien, aus Büchern oder Filmen. Das Ganze ist ziemlich weit weg, irgendwie unwirklich, dann aber haben sie plötzlich etwas sehr Lebendiges vor sich. Also gab ich die

Erzählerin vor einem Publikum, das exotische Geschichten hören wollte. Ich fügte Details hinzu, sprach mit gedämpfter Stimme und konnte sehen, wie die kleinen Augen plötzlich aufmerksam schauten und es still wurde ringsum: ein paar, die gefühlvollsten, weinten sogar. Ein Sieg auf ganzer Linie.

Ich sitze in einem Restaurant mit einem Mann, der mir gefällt. Ich will ihn um jeden Preis rumkriegen. Verführerisch blicke ich ihn an, gebe mich so sinnlich wie möglich – ich bin ein Gemälde von Delacroix. Ich fahre mir durchs Haar und werfe den Kopf zurück, damit die zarte, jugendliche Haut meines Halses zum Vorschein kommt. Wenn ich könnte, würde ich den Kellner um ein paar Kissen, Vorhänge und kostbare Wandteppiche bitten. Als ich spüre, dass ich seine ganze Aufmerksamkeit habe, mache ich mich startklar. Ich senke meine Stimme, lege mein Perserinnen-Kostüm an und schwinge meine Tücher, um unter dem Feuer seiner längst eroberten Augen Omar Khayyâm zu rezitieren. Ich beginne immer auf Persisch, danach kommt die Übersetzung.

مهتاب به نور دامن شب بشکافت
می نوش دمی بهتر از این نتوان یافت
خوش باش و میندیش که مهتاب بسی
اندر سر خاک یک به یک خواهد تافت

Ich warte ab, was das Ganze bei ihm auslöst. Er hat nichts verstanden, kein einziges Wort, doch seine Augen glänzen angesichts des verheerenden Rätsels der persischen Sprache und ihrer Poesie. Ist er hingerissen, weil er nichts verstanden hat? Unwichtig, er hat angebissen. Jetzt schleudere ich ihm die Übersetzung entgegen, um ihn endgültig zur Strecke zu bringen.

Unter des Mondes wechselvollem Licht
Das Schicksal uns kein Morgenrot verspricht.
Drum trink im Schein des Mondes, denn mancher Mond
Blickt auf die Erde einst und sieht uns nicht!

»Das ist überwältigend, Maryam, eine ganz eigene Musik. Es liegt eine sanfte Klage darin, eine tiefe, aber unaufdringliche Melancholie. Ich glaube, ich verliebe mich gerade ...«

Ich habe noch mehr auf Lager.

Istanbul. Auf der Geburtstagsfeier eines Musikers, der eine Vorliebe für »den Orient« hat. Er spielt persische Instrumente, Ney, Saz und Tar. Er spricht türkisch und persisch. Ich kenne ihn nicht, er hat mich eingeladen, weil wir einen gemeinsamen Freund haben. Noch bevor ich in seiner Wohnung stehe, hat er sich bereits eine Haremsdame mit duftender, warmer Haut vorgestellt, die von durchsichtigen, wehenden Schleiern umhüllt mit einem Krug unterm Arm auf ihn zukommt, um ihm unter liebreizendem Gesang Wein einzuschenken.

Ich erkläre, dass ich leider kein Geburtstagsgeschenk für ihn hätte, dafür aber ein paar Zeilen von Omar Khayyâm rezitieren könne. Das ist zu viel für ihn. Der hier ist bereits erobert, noch bevor er mir überhaupt zugehört hat. Allein die Vorstellung, dass ich persische Dichtkunst rezitieren könnte, versetzt ihn in helle Aufregung. Fahrig zündet er sich eine Zigarette an, lacht hektisch los, breitet sein chaotisches Halbwissen an persischer Kultur vor mir aus, hinter dem er seine Aufregung verbergen und eine gewisse Fassung wahren will. Er ruft Attar, Hafis, Saadi und Rumi zu Hilfe, klammert sich an Massignon und Corbin, um nicht den Boden unter den Füßen zu verlieren. Es ist ein Klacks.

می خور که به زیر گل بسی خواهی خفت
بی مونس و بی رفیق و بی همدم و جفت
زنهار به کسی مگو تو این رازنهفت
هر لاله که پژمرد نخواهد بشکفت

Voller Bewunderung sieht er mich an, dann bittet er mich mit leichter Furcht in der Stimme um die Übersetzung. Er weiß genau, dass sie ihm den Todesstoß versetzen wird.

Komm setz dich zu mir, lass die Weisen reden
Das Leben ist verrückt, doch süß der Flieder.
Nur eins bleibt Wahrheit, und der Rest ist Nichts
Verwelkte Rosen blühen niemals wieder.

Er sagt nichts. Wie gebannt steht er da, vollkommen regungslos. Soeben ist die Asche seiner Zigarette aufs Parkett gerieselt. Ich koste meinen Sieg aus, auch wenn es keine große Kunst war. So ist es immer mit den »Orientalisten«, sie lassen sich am leichtesten in die Falle locken, sind am leichtesten zu durchschauen.
Noch mehr gefällig? Ich hab noch mehr auf Lager.

Dieser durchgeknallte Maler hier fasziniert mich, doch er widersteht mir. Ob er wohl auch meinem persischen Dichter widerstehen kann? Ich säusle ihm ein paar Verse vor. Er lächelt, irgendwas in ihm ist zum Schmelzen gebracht. Gut so, na bitte, jetzt frisst du mir aus der Hand.

Ich trinke was mit einem Typen. Er interessiert mich nur mäßig, ich rezitiere Khayyâm, nur um zu sehen, welche Wirkung es hat.
Bums! Es haut ihn um. Ich soll mit in seine Wohnung kommen.

Der da hat schöne Augen, aber sobald er den Mund aufmacht, fängt bei mir das große Gähnen an. Komm schon, ein kleiner Vierzeiler nur, vielleicht bringt ihn Khayyâm mit ein bisschen Glück in Schwung.

Ich bin sturzbetrunken, weiß nicht mal mehr, wen ich vor mir habe, trotzdem will ich sehen, ob er sich bezirzen lässt. Ich stopple irgendwas zusammen, ein vollkommen kaputter Vierzeiler kommt aus meinem Mund, ich verwechsle

die Zeilen, egal, er versteht sowieso kein Wort. Tatsächlich ruft er wie alle anderen aus:
»Ach, wie zauberhaft, der Klang der persischen Sprache. Einfach nur wunderschön …«
»Ja, du Witzbold, es ist wunderbar und ganz toll, eine Perserin zu sein. Na los, jetzt kommst du auch an die Reihe!«

Und du, magst du vielleicht auch ein Gedicht hören? Na komm, auch du sollst deinen Khayyâm kriegen. Es ist genug für alle da, keine Bange, hier kriegt jeder seine Ladung Khayyâm, vorgetragen von einer waschechten Perserin!

Genieße, Herz, die Stunde, die verblüht.
Hab ich die einz'ge Kenntnis mir errungen: Aus Wasser kam ich, und ich werd zu Staub.
Trink, Geliebte, eh man aus unserm Leichnam Krüge macht.
Das Schicksal uns kein Morgenrot verspricht
Wenn unsre Spuren längst im Sand der Zeit verwehn.
Des Himmels Marionetten sind wir, er allein lenkt das Geschick.
Des Lebens Karawane zieht mit Macht
Sprich, was ist der Zweck von meinem Kommen, Gehn und Sein?
Drum trink im Schein des Mondes.
Die Kindheit lässt man hinter sich, und weise werden wir
Ich bin der Sklave jenes Augenblicks,

Wozu von hier wir gehen, wozu hierher wir kommen.
Trink Wein, begreife der Sekunde Glück.
Aus Staub und Erde kommen wir und werden Wind.
Voll Sehnsucht nach der Weisheit Lichtgefunkel
Hab ich die Kenntnis mir errungen.
Trink. Aus Wind sind wir gemacht. Aus nichts als Wind.
Mein Wein schmeckt bitter? Weil er wie mein Leben schmeckt!
Blickt auf die Erde einst
Und sieht uns nicht.
Bring Wein herbei, die Nacht ist kurz!
Die Kenntnis mir errungen,
Drum trink im Schein des Monds, denn mancher Mond
Blickt, die Flasche, Wein, so trink,
Aus Erde, Staub, Geliebte du
Aus Wind nur, nichts als Wind, der Wein –
Bring Wein herbei, so trink doch, trink.

Trink. Zugrunde gehen wir alle.

Noch und nöcher!

DIE VISION

Wenn ich gefragt werde, woher ich stamme, würde ich am liebsten schweigen. Ich würde gern etwas anderes erzählen, mir etwas ausdenken, lügen. Ich möchte, dass man mir andere Fragen stellt, unerwartete Fragen, irritierende, meinetwegen absurde, ich will überrascht werden. Gleichzeitig räkle ich mich in meiner kleinen exotischen Welt, die mich mit ungeheurem Stolz erfüllt. Stolz, anders zu sein. Doch immer dieses Unbehagen, die innere Stimme, die mich daran erinnert, dass all das nicht ich bin, dass ich mich hinter einer Maske verstecke, der einer Emigrantin aus einem Roman. Ich schenke sie Ihnen, diese Maske, nehmen Sie sie, ich lege sie in Ihre Hände.

2012 – Paris – Ein kurdischer Freund, Azad, hat mich zu sich nach Hause zum Essen eingeladen.

Zehn Jahre zuvor hat er die Türkei verlassen und ins Exil gehen müssen, nachdem er wegen seiner politischen Aktivitäten eine schwere Gefängnisstrafe abgesessen hatte. Er ist Kommunist, Kurde und Journalist. Heute Abend hat er ungeheure Lust, alles von mir zu erfahren. Unmengen von Fragen prasseln auf mich ein.

Doch heute Abend bleiben meine Hände stumm. Feucht und reglos liegen sie auf meinen Knien, verlegen blicke ich drein, meine Kehle ist wie zugeschnürt. Ich erzähle von meinem Onkel Saman im Gefängnis. Doch es will mir nicht gelingen, die berühmte Nouchâbé zum Leben zu erwecken. Allmählich bricht bei mir der kalte Schweiß aus. Azad bestürmt mich mit Fragen, die Geschichte, die doch so schleppend beginnt, scheint ihn enorm zu begeistern.
Ich finde einfach nicht die passenden Worte. Als ich kurz innehalte, um durchzuatmen, erblicke ich meinen Onkel Saman. Ich versichere Ihnen: da sitzt er, direkt vor mir, die Arme um die Knie geschlungen, hockt er zusammengekauert oben auf dem Schrank. Enttäuscht sieht er mich an, so als würde er um etwas flehen.
Er kommt mir noch dünner vor, noch kranker, als an dem Tag, an dem er aus dem Gefängnis kam. Ich flüstere ihm zu, dass ich es nicht kann, dass ich nicht mehr von ihm erzählen kann und es mir leid tue. Er sagt nichts, und als ich ihn meinerseits durchdringend ansehe, merke ich, dass sein Mund wie wegradiert ist. Unendlich traurig blickt er mich an.
Ich trinke einen Schluck Wasser. Ich erzähle weiter, doch mein Onkel hockt noch immer oben auf dem Schrank und starrt mich an.
Ich erzähle Azad von dem Spielzeug, das ich an die Kinder in unserer Straße verschenken musste, ganz wie Makarenko es gelehrt hatte, gelesen und interpretiert von meinen Eltern, die beschlossen hatten, dass ihrer Tochter der Sinn

nach Eigentum ausgetrieben werden müsse. Azad lacht schallend los, es hält ihn kaum noch auf dem Stuhl.
Jetzt schwitze ich richtig. Ich stehe auf und gehe ins Bad, um mich ein wenig frisch zu machen. Ich schaue mich im Spiegel überm Waschbecken an, doch was ich sehe, ist keine dreißigjährige Frau, nein, ein fünfjähriges Mädchen starrt mich fragend aus großen schwarzen Augen an.
Zurück im Zimmer, sehe ich auf dem Sofa meine Spielsachen, artig sitzen sie nebeneinander da, in ihrer Mitte Azad, der ein wenig einfältig zu mir herüberlächelt.
Im selben Augenblick sage ich mir, dass ich unbedingt mit einem Psychiater darüber sprechen sollte. Ich werde eine Analyse machen. Ich ersticke, ich bekomme kaum noch Luft.
Ich setze mich und teile meinem kurdischen Freund mit, dass ich wahnsinnig müde sei und besser nach Hause gehen sollte.
Er begreift nicht und bohrt immer weiter – das Ganze geht über meine Kräfte.
Ich steuere auf die Tür zu, um endlich hinauszukommen, bleibe aber stehen. Auf einem Hocker sehe ich meinen anderen Onkel sitzen, den Kopf über einen kleinen Stein gebeugt, in der Hand eine Nadel. Er lächelt mich an, auch er mit unermesslicher Traurigkeit und einem wie ausradierten, unkenntlich gemachten Mund. Er hält mir den Stein hin, und ich starre darauf. Da stehen die sechs Buchstaben meines Vornamens – makellos hineingeritzt. Mir kommen die Tränen, ich beiße mir auf die Lippe. Azad fragt, ob alles in Ordnung sei, warum ich wie angewurzelt dastehen und

den Boden anstarren würde. Ich reiße meinem Onkel den Stein aus der Hand und laufe davon. Während ich durch die Straßen renne, rufe ich den Gespenstern zu, sie mögen verschwinden, dass sie mich in Ruhe lassen und aufhören sollen, mich zu verfolgen. Ich werfe den Stein weit weg. Er knallt gegen eine metallene Haustür und plumpst einsam auf das Pariser Straßenpflaster.

Ein Taxi steht da. Ich springe hinein und weine die ganze Fahrt über still vor mich hin. Ich weine, weil ich Angst habe, verrückt zu werden.

Dann bin ich wieder zu Hause.

Meine Großmutter sitzt in meinem Schlafzimmer. Noch eine Halluzination! Das halte ich nicht aus, gleich schreie ich los.

Doch ihr Lächeln beruhigt mich.

»Setz dich, Maryam. Trink einen Tee.«

»Maman Massoumeh, es ist furchtbar. Ich kann meine persischen Geschichten nicht mehr erzählen. Stattdessen habe ich Halluzinationen.«

»Dann musst du sie in Zukunft anders erzählen. Was dir heute Abend widerfahren ist, ist gut. Ein gutes Zeichen.«

»Ein gutes Zeichen? Was redest du da?«

»Die Gespenster verfolgen dich: sie wollen dir etwas sagen. Sie sahen traurig aus.«

»Etwa, weil ich sie enttäusche?«

»Du musst auf eine andere Art von ihnen erzählen. Du solltest dich nicht einfach berauschen an dem, was du dein romanhaftes Leben nennst und noch weniger damit angeben.«

»Anders erzählen? Aber ich erzähle ausgesprochen gut von ihnen. Die Leute lieben es! Sie klatschen und wollen immer noch mehr hören!«

»Ich weiß. Du warst immer eine Märchenerzählerin, schon als ganz kleines Mädchen. Immer hast du mit Vorliebe Geschichten erfunden.«

»Und, wo liegt das Problem?«

»Du musst sie würdigen. Erzähl nicht mit vorgetäuschter Bescheidenheit oder heimlichem Stolz, sondern aus deinem Innersten heraus, Maryam, aus deinem Innersten. Lass deinen Schmerz zu Wort kommen.«

Mit einem Schlag ist alles verschwunden. Die Großmutter, die Tassen, der Tee. Nur ich sitze noch im Zimmer. Ich ziehe die Vorhänge zu und frage mich, was sich wohl in meinem Innersten befindet. Was soll das überhaupt heißen: »aus meinem Innersten«? Was bedeutet es? Ich habe dem Wort immer misstraut, weil ich es mit einer Illusion verbinde, etwas Flüchtigem, dem man vergeblich hinterherjagt. Doch Großmutter hat Recht: Meine theatralische Glitzershow verfängt nicht mehr. Ich betrachte den Couchtisch vor mir, auf dem noch vor wenigen Augenblicken zwei Tassen Tee gestanden haben. Auf die leere Platte lege ich eine erste Maske ab. Die Maske des verdrängten Schmerzes.

ES WAREN EINMAL

Ein Vater, eine Mutter und eine Tochter
Der Vater hatte den Umriss eines Schattens, der über
Wände huscht
Die Mutter, das Gesicht verborgen, trug ein langes
Kleid, das über den Boden schleifte
Die Tochter, federleicht, hing mit den Füßen in der
Luft
Die drei hüteten ein Geheimnis in der hohlen Hand
In ihren Handflächen stand ein Wort, hineingeritzt:
EXIL

Die Tochter besaß kein Spielzeug mehr
Es heißt, sie hätte es gegen die Buchstaben des
Alphabets eingetauscht
Die Mutter besaß kein Lächeln mehr
Es heißt, sie hätte es gegen eine Handvoll Erinnerun-
gen eingetauscht
Der Vater besaß keine Jugend mehr
Es heißt, er hätte sie gegen ein paar Münzen ein-
getauscht
Und ganz allmählich wurden sie alle drei zu Fremden

Immerfort gab die Erde unter den Füßen der Tochter nach
Stahl sich die Erinnerung aus dem Kopf der Mutter davon
Fehlten die Münzen in den Händen des Vaters
Und ganz allmählich verloren sie alle drei die Lebenslust

Da wandte die Tochter den Blick von der Erde ab, um fortan zu fliegen
Die Mutter verscheuchte die Erinnerung, um fortan zu vergessen
Der Vater zählte nicht länger seine paar Groschen und träumte fortan nur noch
Und alle drei lachten sie

Ihr Lachen klang weit, so weit
Dass es bis in die Ohren der Verwandtschaft drang
Ihr Lachen klang so laut
Dass die Erde in ihrer Heimat zu beben begann
Ihr Lachen klang so hell
Dass ihr betäubtes Gedächtnis wach wurde davon
Doch vom vielen Lachen hatten nun alle drei Tränen in den Augen

Ihr Lachen, das doch so schön, so kräftig klang
Klang nun wie Weinen klingt
Das Weinen
Eines Vaters, ein Schatten, der über Wände huscht

Einer Mutter mit verborgenem Gesicht und einem langen Kleid, das über den Boden schleift
Einer Tochter, federleicht, mit den Füßen in der Luft
Und alle drei hüteten sie ein Geheimnis in der hohlen Hand
In ihren Handflächen stand hineingeritzt ein Wort: EXIL

ZWEITE GEBURT

Man soll nicht ›ich‹ sein, aber man soll noch weniger »wir« sein.
Die Gemeinschaft der Mitbürger gibt das Gefühl des Zuhauseseins.
Sich in der Verbannung zu Hause fühlen lernen.
Verwurzelt sein in der Abwesenheit jeglicher Stätte.
Sich entwurzeln aus seiner gesellschaftlichen Umwelt und seinem Lebensraum.
Sich verbannen aus jedem irdischen Vaterland.

Simone Weil, Schwerkraft und Gnade

$15\ m^2$

Juli 1986 – Paris – Rue Marx Dormoy

Wir stehen vor einer großen hölzernen Haustür. Mein Vater setzt die Koffer ab, drückt auf einen kleinen Knopf und öffnet die Tür. Wir steigen die Stufen hinauf. Über die Stufen fließt ein schwerer roter Teppich, durchzogen von einem verschlungenen braun-gelben Muster. Es ist angenehm, über diesen dicken Teppich zu laufen.
Auf jeder Etage gibt es zwei große Türen, also zwei Wohnungen. Sie sind ausgesprochen schön, diese Türen, glänzend, lackiert, einfach beeindruckend. Auch die Klingel in Gold oder Silber jeweils rechts daneben fällt mir auf.
Als wir im dritten Stock vorbeikommen, geht vorsichtig eine Tür auf. Durch den Spalt erkenne ich das Gesicht einer alten Frau, die uns neugierig und ohne jedes Wort beäugt.
Wir gehen immer weiter hinauf, und ich stelle fest, dass ab dem vierten Stock die Türen seltsamerweise nicht mehr so schön und beeindruckend sind, die Wände haben Risse, an einigen Stellen bröckelt die Farbe, und im fünften Stock ist auf einmal auch der rote Teppich verschwunden. Es ist wie ein Zauberstaub, der seine Wirkung verliert, je höher wir kommen, bis sich am Ende die hässliche, ungeschminkte

Realität offenbart. Ein Aschenputtel, das mit jeder Etage ein wenig von seiner Schönheit einbüßt. Es riecht zunehmend nach Feuchtigkeit, Schimmel und Armut.
Endlich sind wir im sechsten Stock angelangt. Hier gibt es vier kleine zerschrammte, schmutzigblaue Türen mit einem einzigen Schloss in der Mitte. Sie liegen nebeneinander auf demselben Treppenabsatz. Auf einer fünften Tür steht WC. Ich verstehe das Wort nicht. An einigen Stellen ist der Holzfußboden aufgerissen. Mein Vater lächelt verlegen. Noch ganz außer Atem, wischt er sich mit dem Handrücken den Schweiß von der Stirn, stammelt ein paar Begrüßungsworte und öffnet schließlich die Tür.
Sie führt zu einem einzigen Zimmer, einer fünfzehn Quadratmeter großen Einraumwohnung.
Ich suche nach der Toilette, unserer Toilette, kann sie aber nirgends entdecken. Besorgt frage ich meinen Vater, wo denn die Toilette sei. Sie befindet sich auf dem Treppenabsatz und wird von allen genutzt. Das also war die Tür, auf der WC stand! Was für ein Horrorgedanke, meine Intimsphäre mit Fremden teilen zu müssen. Und die Dusche? Es gibt keine. Mein Vater verspricht uns, schon bald selbst eine zu bauen. Er zwingt sich zu einem Lächeln, um seine Verlegenheit, die Scham zu überspielen. Meine Mutter sinkt betrübt auf das einzige Bett, das in dem einzigen Zimmer steht. Ihr Schweigen, ohnehin schon sehr ausgeprägt, wird noch schlimmer.
Ich schaue mich im Zimmer um: Es gibt ein Waschbecken, einen kleinen Fernseher, einen Wandschrank, einen Tisch, drei Stühle und eine Grünpflanze. Ein Fenster, ich renne

hin. Ich kann die Straße sehen, die Dächer von Paris, den Eingang der Metrostation. Da sind wir drei nun endlich angelangt, im sechsten Stock ohne Aufzug in einem Pariser Mietshaus im 18. Arrondissement, sind endlich wieder zusammen nach all den Problemen und der schweren Zeit, und das Einzige, woran ich denken kann, ist die Gemeinschaftstoilette, die ich auf keinen Fall benutzen will.

DIE CROISSANTS

Mein Vater hat beim Bäcker gegenüber Croissants gekauft. Während er sie sorgfältig auf dem Tisch auslegt, erklärt er, die Franzosen würden so was zum Frühstück essen. Er lässt uns das Wort wiederholen, damit wir es uns einprägen.

Meine Mutter isst nichts davon, ich auch nicht. Sie hat keinen Hunger. Ich habe durchaus Hunger, aber ich will Lavash, das weiße iranische Brot, das so zart ist, dass man es für Papier halten könnte, oder Noon Sangak, ein anderes, etwas dickeres, das in einem Holzbackofen auf heißen Flusskieselsteinen gebacken wird, manchmal bleiben auch ein oder zwei Kiesel an den Fladen kleben. Außerdem will ich schwarzen Tee und Feta.

Ich sage es meinem Vater. Er seufzt, wird ärgerlich: Hier sind wir in Frankreich, ich kann nicht einfach runter auf die Straße und all diese Sachen für euch kaufen, gewöhnt euch dran. Wir sind nicht mehr im Iran, also seid so nett und esst, was ich gekauft habe.

Ich sehe wieder unser Haus in Tehranpars vor mir. Die kleine Küche, in der es nach schwarzem Tee riecht, dazu der Geruch nach frischem Noon Sangak, noch ganz warm. Ich sehe, wie meine Mutter eine dicke Scheibe Panir abschneidet und sie auf einen Teller legt. Und da ist auch die Kletterpflanze im Wohnzimmer, die sich an den Wänden entlang bis zur Decke rankt. Meine Oma sagte immer, diese Sorte Pflanze würde den Bewohner irgendwann vor die Tür setzen. Wenn ich so eine Pflanze zu Hause hatte, bin ich jedes Mal sehr schnell umgezogen.

Ich erinnere mich auch an den Klang des Radios, das immer lief, an den Rübenhändler, der laut rufend durch die Straßen zog, an meinen Vater, der irgendwas in seiner Werkstatt repariert, sogar das Geräusch seines Hammers, mit dem er auf dem Metall herumklopft, höre ich.

Ich sitze auf meinem Lieblingsstuhl mit der Puppe, die meine Oma mir aus Deutschland mitgebracht hat. Ich war ungeheuer stolz auf diese Puppe, weil sie von so weit her kam. Wenn ich daran denke, dass ich auch sie an die armen Kinder im Viertel verschenken musste … Ich warte, dass meine Mutter mir Brothäppchen mit Butter und Käse schmiert. Allerdings darf sie nicht zu viel Butter drauftun, das mag ich nicht. Ich bin ungeduldig, weil ich endlich mit meiner besten Freundin, Shahla, spielen will. Ich weiß, dass sie genauso ungeduldig ist. Sie wohnt uns direkt gegenüber. Sie zieht gern meine Sachen an und leiht sich oft Spielzeug von mir aus. Ihre eigene Kleidung besteht nur aus Jungssachen. Ich borge mir von ihr Hosen und sie sich von mir Kleider. Wenn wir unsere Sachen tauschen, verwandelt sie sich noch mehr in ein Mädchen und ich mich in einen Jungen. Das gefällt mir sehr.

Und was wollen wir hier? In diesem Rattenloch, das nach Feuchtigkeit und Elend riecht, während die Schönheit den ersten vier Stockwerken des Hauses vorbehalten ist!
Wir drei sitzen an dem Tisch, auf dem diese Dinger liegen, die kein Mensch aussprechen kann. Wir sagen nichts.
Ich denke an meinen Koffer und all die neuen Anziehsachen darin: Bei unserer Abfahrt aus dem Iran habe ich hübsche Kleider geschenkt bekommen, was mir einen kurzen, flüchtigen Moment der Freude verschafft.
Im Zimmer herrscht beklommenes Schweigen.
Ich betrachte die trostlosen Croissants auf dem Tisch, frei von Erinnerungen, ohne vertrauten Geschmack, die meine Mutter und ich partout nicht anrühren wollen.
Wütend isst mein Vater schließlich alle auf, ohne ein Wort, die Augen nur auf das geheftet, was er sich da in den Mund schiebt.

2012 – Die Hutongs von Peking

Ich bin zweiunddreißig Jahre alt. Seit zwei Jahren lebe ich in China. Ich würde sonst was geben für ein echtes Croissant, und wäre es nur für seinen Duft, dieser ganz spezielle Duft aus den französischen Bäckereien, der einem auf der Straße im Vorbeigehen in die Nase steigt. Voller Wehmut denke ich daran zurück. Ich schließe die Augen und versuche, mir den Duft ins Gedächtnis zu rufen, während ich durch die alten Hutongs von Peking radle.

DER PARK

Am Wochenende unternehmen wir zusammen mit meiner Mutter gelegentlich Spaziergänge durch das Viertel. Wir haben einen »Park« entdeckt. Unter der Woche kommen die Kinder nach der Vorschule hierher zum Spielen. Die Mütter sitzen auf Holzbänken, ein Bollwerk aus Kinderwagen um sich herum. Sie schwatzen, rauchen oder essen eine Kleinigkeit. Die Kinder schreien, laufen herum, weinen, lachen und bewerfen sich mit Sand oder Buddelzeug. Zuweilen verbündet man sich, um ein schwächeres Kind auszuschließen, zuweilen entstehen ungestüme Freundschaften, plötzliche Verbindungen für die Dauer eines kurzen Spiels; manchmal endet es dramatisch, dann rinnen Schmerz und Kummer über schmutzige Wangen. All diese Leute scheinen den Park zu lieben. Ich hingegen mag diesen Ort überhaupt nicht. Also setze ich mich neben meine Mutter auf die Bank und schmiege mich an sie, was sie jedes Mal zur Weißglut treibt. Wieder und wieder fordert sie mich auf, mit den anderen Kindern zu spielen, aber ich traue mich nicht. Dabei habe ich durchaus Lust, doch irgendwas hält mich mit Macht zurück.

»Warum stehst du nicht auf und spielst mit den Kindern?«
»Ich mag nicht. Sie sind so wild.«

»Aber ein paar von ihnen wirken ganz friedlich, na los, geh schon, du wirst sehen, das macht Spaß.«
»Nein.«
Sie macht einen tiefen Seufzer.
»Und was ist mit dir, Mama, warum unterhältst du dich nicht mit den anderen Müttern?«
»Hast du gehört, wie mein Französisch klingt? Die machen sich bestimmt lustig über mich. Außerdem verstehe ich kein Wort von dem, was sie mir erzählen.«
»Aber wieso kommen wir dann hierher?«
»Weil es interessant ist, sie zu beobachten, findest du nicht?«

Was für ein komischer Anblick, diese Mutter mit ihrer Tochter, beide reglos inmitten des Tumults, zwei Statuen auf einer Bank, fast rührend ist das. Jede von ihrer eigenen Angst erfüllt, halten sie sich vom gesellschaftlichen Leben fern und sind trotzdem ganz erpicht darauf, als Zuschauer dabei zu sein.

September 1998

Meine Mutter und ich kehren in das Viertel um die Rue Marx Dormoy zurück. Schließlich stehen wir vor dem Haus, in dem wir ein Jahr lang gewohnt haben.
Eine unbestimmte Traurigkeit erfasst uns, wir wagen nicht, hinaufzugehen, mittlerweile gibt es einen Türcode, aber wir kennen ihn nicht und wollen auch gar nicht hi-

nauf. Wir laufen durch die umliegenden Straßen. Vor dem Eingang zu einer kleinen Grünanlage bleiben wir plötzlich stehen und sehen uns an: Wir haben unseren berühmten Park wiederentdeckt. Wir gehen hinein und setzen uns auf eine Bank, aber der Park hat sich verändert. Nur mit Mühe erkennen wir ihn wieder. Außerdem ist er um diese Tageszeit leer, es gibt nicht sonderlich viel zu sehen. Ein Mann auf einer Bank raucht mit nachdenklicher Miene eine Zigarette. Eine alte Frau streut Tauben Brotkrumen hin. Ein Straßenkehrer schiebt ein paar Blätter zusammen. Kein Kindergeschrei. Keine Kinderwagen. Keine plaudernden Mütter. Ich blicke meine Mutter an, als müsste ich mich vergewissern, dass dies hier die Wirklichkeit ist. Eines Tages schwindet alles wie dieser Park, das spüre ich. Kein Ort wird sein wie er früher einmal war.

Wir gehen. Zwei wandelnde Gespenster sind wir, die nicht mehr wissen, warum sie überhaupt hergekommen sind. Kaum dass wir ein Wort miteinander wechseln, ahnen wir doch beide, was in dem anderen vorgeht.

Was haben wir hier vergraben, in diesen Straßen, oben im sechsten Stock, in dem Zimmer unterm Dach, in diesem Metroeingang, durch den ich so oft hindurchgerauscht bin, morgens auf dem Weg zur Schule und abends, wenn ich wieder nach Hause kam. Was haben wir zurückgelassen, an jeder einzelnen Station?

Mai 2014 – Istanbul – Karaköy

Meine Mutter ist zu Besuch nach Istanbul gekommen, wo ich seit gut einem Jahr wohne. Jede mit einem Fischbrötchen, einem »balik ekmek«, in der Hand, sitzen wir neben der Galata-Brücke am Bosporus und beobachten das Istanbuler Treiben. Händler, die Makrelen braten, andere, die Granatapfel- und Orangensaft verkaufen, syrische Flüchtlinge, die um Kleingeld betteln, Zigeuner, die Akkordeon spielen, ebenfalls für ein bisschen Kleingeld, Afrikaner, die Armbanduhren verscherbeln, und überall Katzen, die in der Hoffnung auf einen Rest Fisch geduldig in unserer Nähe warten, Flussschiffer, die ihre Kähne festmachen, Touristen, die, einen Fotoapparat um den Hals und einen Stadtführer vor sich auf dem Tisch, einfach nur glücklich sind, hier zu sein, und meine Mutter, die mit ihren großen Augen, mit denen sie noch immer die Welt verschlingt, ihren »balik ekmek« genießt.

Schweigend zunächst und jede für sich, beobachten wir. So läuft es immer bei uns. Wir müssen erst verarbeiten, was wir sehen, bevor wir einen Kommentar abgeben, uns austauschen und uns gegenseitig unsere Eindrücke mitteilen. Manchmal kommen wir zu faszinierenden Erkenntnissen über das Dasein, das Leben und den Tod. Unsere Beobachtungen führen sehr weit.

Ich erinnere mich an eine Zeile des persischen Dichters Hafis: »Setz dich ans Ufer eines Baches und schau zu, wie das Leben vorüberzieht ...«

Die Welt um uns herum genau zu betrachten – das hast du mir beigebracht. Ob damals in der kleinen Grünanlage oder später in den Pariser Cafés, wo die Kippen päckchenweise geraucht wurden, auf Gehwegen, auf den Bänken in den großen Parks, in den Hutongs von Peking, am Ufer des Bosporus oder in den verschlungenen Gängen des großen Bazars in Teheran ... immer ging es darum, zu schauen und zu kommentieren, was uns umgibt: die Leute, ihr Verhalten, ihren Gang, ihr Aussehen und ihre Gestalt, die Hunde, die Katzen und Vögel, die Pflanzenwelt, die Wohnhäuser, die Dinge in den Schaufenstern, Schilder, Fahrzeuge, alles wurde in unserem großen Lebensbeobachtungslabor durchgenommen.
Der kleine Park im Pariser 18. Arrondissement war nur das Vorspiel zu einer langen verschworenen Zusammenarbeit zweier Beobachtungsspezialistinnen.

BRIEFE

Das sechsjährige Mädchen und seine Mutter sind zu Hause. Die Kleine sieht ihre Mutter an, die ihrerseits aus dem Fenster sieht. Die Mutter spricht immer weniger. Ihre Sprache beschränkt sich auf ein Mindestmaß an Kommunikation, auf die zweckmäßigen, nichtssagenden Wortwechsel des alltäglichen Lebens.
Die Mutter sitzt auf einem Stuhl und sieht stundenlang aus dem Fenster. Sie schreibt Briefe, während sie an diesem Fenster sitzt. Briefe in den Iran, an ihre Mutter, den Bruder im Gefängnis, ihre Freundin. Das eigentliche Leben der Mutter findet dort statt. Sie lebt noch immer im Iran. Hier ist das Leben stehen geblieben. Das Fenster ist der Durchschlupf, über den sie dorthin fliehen kann. Es ist ihr Fluchttunnel. In dieser 15 m^2 großen Einraumwohnung erstickt man. Sie erstickt in Paris. In ganz Frankreich.
Sie sucht den Horizont mit den Augen ab, in der Ferne flattern Briefe, die der Wind von hier nach dort getragen hat. Briefe, die losfliegen und Briefe, die ankommen, Briefe, die warten, und solche, die auf andere eine Antwort sind, Briefe, die weinen, Briefe, die Erinnerungen heraufbeschwören, Briefe, die die Erinnerung an einen Ort der Angst bewahren, sodass er nicht verschwindet, Briefe, die zu einer langen Wortgirlande aufgefädelt sind, die von der

Pariser Mansarde bis zu den Dächern der Häuser in Teheran reicht.

Briefe schreiben und darauf warten, dass deine Briefe beantwortet werden. Zehn Jahre lang hast du so gelebt, in einer Briefwelt. Einer lautlosen Welt. Du hast mich oft gebeten, eine Zeichnung oder ein paar Worte in meinem unbeholfenen Persisch hinzuzufügen. Und du hast darauf bestanden, dass auch dein Mann ein paar Zeilen schrieb. Alle sollten Teil deiner leblosen Welt aus Briefen, Wörtern und Gespenstern werden. Sehnsucht – das schwarze Loch, in dem du versinken wolltest, und wir am besten mit.

Bereits im Iran hatten sich die Träume der Mutter nach und nach verflüchtigt. In Frankreich versickerte das, was noch davon übrig war, mit jedem Jahr tiefer im Teppich des Zimmers, direkt unter ihrem Stuhl.
Die Fetzen ihres erzwungenen Exils. Ihre Pläne und Wünsche, die Winzigkeiten, an denen man hängt, aus denen sich ein Leben zusammensetzt. Alles schwand, ich sah, wie du dich aufzulösen begannst, immer unschärfer wurdest du, deine Gesichtszüge verwischten, deine Stimme war kaum noch zu hören, du bewegtest dich langsam wie Personen in Träumen, die nicht ganz real, aber auch keine kompletten Trugbilder sind.

Zehn Jahre lang hast du in Frankreich gewartet. Du hast darauf gewartet, endlich zurückkehren zu können. Die ganze lange Zeit über hast du dir vorgestellt, du würdest zurückkehren. Zu deiner Mutter, deinen Brüdern, in dein Land. Doch es gab kein Land mehr, keine Heimat und keinen Geruch. Hoch oben im sechsten Stock hast du vom Fenster aus das Leben betrachtet, das vor dir lag. Eine Bäckerei an der Straßenecke, ein chinesisches Restaurant, wo glasierte Enten an Haken hingen, einen Zeitungsladen, den Eingang der Metro. Die sanfte Traurigkeit in deinen Augen. Die Schüchternheit. Du hast dich nicht getraut, die fremde Sprache zu sprechen. Anstelle von Wörtern hast du immer nur gelächelt. Ein entschuldigendes Lächeln, das verlegene Lächeln all jener, die die Sprache eines Landes nicht sprechen.

Wie gern hätte ich die Fetzen deiner Träume eingesammelt, sie gerettet und wie Perlen auf meine eigene Wortgirlande gefädelt, um sie am Wipfel eines Baumes zu befestigen, damit sich alles weiterregte und am Leben blieb. Dich aufwecken wollte ich. Zu neuem Leben erwecken. Deine Züge nachmalen, ein wenig Rot auf die Wangen und die Lippen, ich wollte dir Leben einflößen, damit du singst, lachst, schreist, doch nichts zu machen, du hast dich in aller Stille in einem Meer aus Illusionen aufgelöst.

ZEICHNUNGEN

Das kleine Mädchen malt viel. Es hockt auf dem Boden und macht Strich um Strich. Die Zeichnungen gleichen Albträumen, sie sind angsteinflößend. Mit ihren gerade mal sechs Jahren drückt die Kleine auf diese Weise ihren Schmerz aus. Sie erzählt immer dasselbe: ein Papa und eine Mama, die weinend vor dem verwundeten, am Boden liegenden Körper ihres Kindes stehen. Auf einem anderen Bild blutet der Vater, dort, wo normalerweise das Herz sitzt, klafft ein blutiges Loch, die Tochter und die Mutter halten sich wie zwei Trauernde an der Hand. Oder aber es weint die Mutter, die Sonne, der Mond, die ganze Welt scheint in einem Meer aus Tränen zu versinken angesichts des Leichnams des Kindes, der an den unteren Rand der Seite gerutscht ist. Auf einem anderen Blatt sind der Vater und die Mutter Riesengestalten, ihr rechter Arm ist eine Schlange und der linke eine Peitsche, und zwischen ihnen das kleine Mädchen: winzig.

Ein ganzes Jahr lang habe ich meine Ängste und Traumata gemalt. Das Jahr nach unserer Ankunft in Frankreich. Bis ich irgendwann damit aufhörte. Meine besorgten Eltern fühlten sich schuldig wegen der Bilder, unternahmen jedoch nichts, um das Problem zu lösen. Sie begnügten sich damit, ihren Freunden davon zu erzählen, die nicht sonderlich viel dazu sagen konnten, außer dass ein fünfjähriges Emigrantenkind zwangsläufig ein wenig traumatisiert ist, was mit der Zeit jedoch vorübergeht. Vollkommen normal, das Ganze.

2008 – Paris, 6. Arrondissement – Im Sprechzimmer eines lacanianischen Psychoanalytikers

Ein großer Raum. Ein prächtiger Holzschreibtisch im Louis-Philippe-Stil, hinter dem ein kahlköpfiger Mann um die fünfzig sitzt. Ein Sessel, in dem ich sitze. Das Polster ist von all den Ärschen, die sich hier schon hineingeflüchtet haben, durchgesessen, die Armlehnen sind ziemlich hoch, was mich ein wenig lächerlich wirken lässt, so, die Arme weit oben und auseinandergespannt, sehe ich aus wie ein Kind. Ich habe den Eindruck, die Armlehnen würden mich einschließen: allein dieser Sessel ist bereits ein Gefängnis. Zu beiden Seiten des Schreibtischs hängt jeweils ein großes Porträt an der Wand. Auf dem einen ist Freud zu sehen, mit ernstem Gesicht, in der Hand eine Zigarre, auf dem anderen das sinnliche Gesicht Marilyn Monroes, die Augen wie in Verzückung halb geschlossen, und darunter, genau zwischen den beiden Porträts, der glänzende Schädel des lacanianischen Psychoanalytikers mit seinen Glupschaugen.
In der letzten Sitzung habe ich ihm meine Horrorbilder mitgebracht. Er hat sie sich angesehen. Nun warte ich auf die Urteilsverkündung. Er reicht sie mir mit einem tiefen

Seufzer über den Tisch und gibt Folgendes von sich: Ihr Leiden hat nichts mit dem Exil zu tun ... Das Exil kann von einem Kind durchaus als spannende Erfahrung erlebt werden, als ein Aufbruch, die Erforschung eines unbekannten Landes ... Ihr Leiden hat vielmehr mit der gestörten Beziehung zu tun, die zwischen Ihrer Mutter, Ihrem Vater und Ihnen entstanden ist.

Ich sage nichts, presse nur die Lippen zusammen. Diese Versessenheit, alles auf Papa und Mama zurückführen zu wollen, ärgert mich maßlos. Das kleine gestörte, erstickende Dreieck, in das dieser Mensch mich seit Beginn unserer Sitzungen hineinzwängen will.

Die Zeichnungen haben mich danach lange verfolgt. Als ich sieben war, zogen wir in ein anderes Stadtviertel, in die Rue Joseph-Dijon, in eine größere, gemütlichere Wohnung. Ich hatte ein eigenes Zimmer. Doch der Umzug bedeutete eine erneute Erschütterung für mich, das Gespenst des Exils hatte sich in jeden Ortswechsel geschlichen, selbst wenn er noch so unerheblich war. Schon die kleinste räumliche Veränderung jagte mir ungeheure Angst ein. Nachts wachte ich schweißgebadet auf, weil ich von Schlangen träumte, die in mein Bett krochen und mir in die Füße beißen wollten. Ich flüchtete mich ins Bett meiner Eltern, die jedes Mal wütend wurden, vor allem mein Vater, denn in ihrer Ahnungslosigkeit deuteten sie mein Leid und den Schrecken nur als die Laune eines ungezogenen Kindes.

Ich erinnere mich noch gut an die ständig wiederkehrenden Albträume. Starr vor Angst und vollkommen hilflos lag ich in meinem Bett. Wie gesagt, ich hatte den Eindruck, dass die beiden Wesen, die mich doch lieben und beschützen sollten, meinem Leid vollkommen gleichgültig gegenüberstanden, sie sahen nur eins: Ich störte ihren Schlaf. Dabei sagte ich kein Wort, ich kam in ihr Zimmer, kauerte mich in eine Ecke, manchmal auch direkt vor ihr Bett, auf den Boden, wie ein Hund, ich machte mich klein, um ihr Mitleid zu erwecken. Mein Vater regte sich auf und brachte mich in mein Zimmer zurück. Ich schrie nur noch lauter, damit sie wach wurden und nicht einfach weiterschliefen, manchmal krallte ich mich auch an ihrem Bettzeug fest oder der Tür, an allem, was ich im Vorbeigehen fand. Es waren schreckliche Szenen. Ich rief, die Schlangen würden mich töten, wenn ich wieder in mein Bett müsste. Doch mein Vater schleppte mich mit Gewalt zurück und drückte mich runter auf die Matratze. Ich fühlte mich von allen verlassen und halb tot nach all dem Geschrei und den Tränen.

Meine Mutter machte sich mehr und mehr Sorgen. Sie hatte bereits eine Freundin nach der Adresse eines Psychologen gefragt und war fest entschlossen, mich dorthin zu bringen, als plötzlich eine Begegnung alles änderte.

SCHIRIN

Eines Tages kreuzten die Ahmadis bei uns zu Hause auf. Ein Ehepaar, das mit ihrer zehnjährigen Tochter, Schirin, aus dem Iran geflohen war. Die Väter kannten sich von gemeinsamen politischen Aktionen in Teheran. Wir hatten uns bereit erklärt, sie so lange bei uns wohnen zu lassen, bis sie was Eigenes gefunden hätten. Sie blieben drei Monate, den Winter des Jahres 1988.

Schirin wurde meine Spielkameradin. Wir spielten stundenlang. Sie war fröhlich, quirlig und urkomisch. Wir beide verstanden uns prächtig. Sie schlief bei mir im Zimmer, und meine Albträume hörten auf. Endlich schlief ich ruhig. Wenn ich morgens aufwachte, sah ich ihre langen dürren, behaarten Beine über die Matratze ragen, sie selbst lag halb unter der Bettdecke, die langen verwuschelten Haare im Gesicht und um den Hals.

Sie war ziemlich behaart und nicht sonderlich hübsch, aber ihre Anwesenheit bei uns zu Hause war ein Segen, der alle meine Ängste erfolgreich vertrieb. Freudestrahlend lief sie durch die Wohnung, redete ununterbrochen, lachte laut, mischte sich wie eine neugierige alte Klatschbase in alles ein und stellte alle naselang Fragen.

Ihre Eltern schimpften sie oft aus oder verhauten sie, und

sogar mein Vater meinte immer wieder seufzend, noch nie sei ihm eine solche Quasselstrippe untergekommen. Doch sie machte sich nichts aus den ständigen Ermahnungen und Ohrfeigen und ergoss ihren Wortschwall in jedes Zimmer, während sie ununterbrochen herumwirbelte. Fasziniert von so viel Lebendigkeit schaute ich zu, wie sie auf der Bühne unserer Freundschaft ihre Stücke aufführte. Ich war ihr bestes Publikum. Ich lachte über den Unfug, den sie trieb, ihre komischen Einfälle. Ich setzte mich vor sie hin, und sie begann, ihre Verwandten, Freunde und Lehrer im Iran zu imitieren, sie machte ihre Stimmen nach, ihre Gesten, den Gang und erfand alle möglichen Geschichten über sie.

Soeben hat sie das Kopftuch und den Mantel ihrer Mutter übergezogen. Sie hat sich zwei dicke Kissen geschnappt und unter ihren Pullover gestopft, dort, wo Bauch und Hintern sind. Mit einem schwarzen Stift zieht sie den Flaum über ihrer Oberlippe nach. Dann äfft sie ihre Lehrerin nach. Offenbar eine ziemlich gemeine Frau.
»Schiriiiin, komm an die Taaaafel.«
»Ja, Madame.«
»Rechne die Aufgabe, aber rechne ja nicht falsch, sonst reiß ich dir ein Schnurrbarthaar aus, genau dort über deiner Lippe.«

Sie macht auch ihren Vater nach. Die viel zu weite Hose und sein riesiges Hemd schlackern um ihren dürren Leib. Sie hat sich einen Bart umgehängt und eine Brille auf-

gesetzt, spricht mit tiefer Stimme und streckt ihren Bauch beim Gehen raus.
»Weib, koch uns was zu essen. Ich hab Hunger. Und du, Tochter, räum gefälligst die Wohnung auf. Denkt dran, hier habe ich das Sagen!«
Sie kratzt sich am Hintern und furzt mit dem Mund.
Vor Lachen lasse ich mich aufs Bett plumpsen.

Nach der Schule rannte ich sofort los, um sie wiederzusehen und mich an ihrer Ausgelassenheit zu laben. Es war, als hätte ich in unserer Wohnung einen Schatz versteckt und müsste jedes Mal rasch nach Hause, um sicherzugehen, dass er noch da war. Ich vernachlässigte meine anderen Schulfreunde, sie spielten keine Rolle mehr und langweilten mich, waren sie doch bei Weitem nicht so spritzig wie Schirin.

»Schirin, bist du da?«
Ich laufe durch die Wohnung. Sie ist nicht in der Küche, auch nicht im Wohnzimmer oder in meinem Zimmer. Meine Mutter teilt mir mit, sie sei unterwegs. Voller Ungeduld warte ich auf ihre Rückkehr. Endlich höre ich Schritte im Treppenhaus. Ich stürze zur Tür. Da ist sie! Auf dem Kopf eine dicke Strickmütze, die ihr bis über die Augen reicht, ist sie auf entzückende Weise hässlich.
Wir sausen in mein Zimmer, und ich setze mich aufs Bett. Sie baut sich vor mir auf, wie auf einer Bühne. Ich schaue sie an. Dann legt sie mit ihrem Stück los. Sie erzählt, was ihr draußen alles passiert ist, wobei sie die Dinge natürlich

maßlos übertreibt – eine komplett verzerrte Version der Realität.

Schirin, du Unermüdliche, unbewusst hast du mir eine der schrecklichsten Phasen meines Lebens versüßt. Hast mir die Angst genommen vor dem großen schwarzen Loch Iran, in das ich unter keinen Umständen hineinblicken wollte. Du hast mich an die Hand genommen und gemeinsam mit mir hineingeblickt. Du hast eine Puderschicht aus Gelächter und Kindheit darübergestäubt.
Schirin, du Zauberkünstlerin, du hast die Schwerkraft in Gnade verwandelt.
Niemand hat seinen Vornamen je so zu Recht getragen wie du: auf Persisch bedeutet Schirin »zuckersüß«.

ICH SPIELE NICHT

Ich sitze allein auf einer Bank, in einem Hof mit großen Bäumen und einer Mauer im Hintergrund, darauf ein Fries, der spielende Kinder darstellt – die exakte Spiegelung dessen, was um mich herum vor sich geht. Kinder spielen Himmel und Hölle, springen Springseil, kicken einen Ball vor sich her, spielen mit Murmeln oder Blinde Kuh, rufen Zi-Zitrone, verstecken sich, spielen Fangen oder »Simon sagt«.

Nur ich spiele nicht.

Unter all den aufgedrehten und fröhlichen Kindern ruft keines nach mir.

Meine erste Einsamkeitserfahrung: Ich habe niemanden zum Spielen.

Also tue ich, als wäre ich beschäftigt, blicke suchend zu Boden, als hätte ich einen Gegenstand verloren, spaziere über den Hof, sammle Herbstblätter auf ... ich spiele die Stolze, die gern allein sein will. Nur nicht erbärmlich wirken in den Augen der anderen. Das Ganze macht mir Angst: Wie lange werde ich diese Maskerade durchhalten? Die Kinder rennen an mir vorbei. Könnte ich sie doch berühren, mit ihnen reden – bloß wie? Ich verstehe ihre Sprache nicht und keiner von ihnen versteht meine. Wie sehr ich diese Hofpausen am Anfang gehasst habe!

Da denkt sich das kleine Mädchen mit den dichten schwarzen Locken Gespräche mit erfundenen Freunden aus. Sie erfindet Geschichten, nur für sich. Tröstliche Geschichten. Geschichten, die der Wirklichkeit das grässliche Maul stopfen.
Sie ist eine Königin, die von einer fremden Sprache gefangen genommen wurde und einem tapferen Ritter geheime Botschaften in ihrer Muttersprache senden muss, damit er sie aus den Fängen der barbarischen Wörter befreit. Sie ist eine Hexe, die einen Zaubertrank braut: nur ein Schluck, und schon spricht man eine Fremdsprache.
Sie ist eine berühmte Wissenschaftlerin, der es gelungen ist, eine hocheffiziente Methode zu entwickeln, mit der man sich in nur einer Woche sämtliche Sprachen der Welt einverleiben kann.
Eine nach der anderen fädelt sie ihre Geschichten auf, um mit der langen Schleppe ihrer tröstlichen Phantasien über den Hof zu spazieren. Schon in diesem Alter ziehe ich diese Spur über den Boden der Realität, damit das Leben reiner und schöner wird.

Es war einmal

Eine Königin, die in einem Palast weit weg in der Wüste wohnte. Ihr Haar war so lang, dass es ihren Körper von Kopf bis Fuß umhüllte. Ihre aus Marmor gemeißelten Füße hinderten sie am Gehen, und die Farbe ihrer Augen war eine Mischung aus Safran und verbrannter Erde. Ihre

Hände, klitzekleine Hände!, waren im Laufe der Jahre welk geworden, nur von ihren Fingerspitzen, trockene Zweiglein, perlten ein paar Tautropfen.
Mit der Zeit hatten sich ihre Erinnerungen in ihre Haut eingeschrieben und ein Labyrinth aus Falten gebildet, wie die Zeilen in einem Buch. Wenn ihr danach war, schob sie ihre Haare zur Seite und konnte so auf ihrem Körper ein Stück aus ihrem Leben lesen. Dann griff sie nach einem kaputten Spiegel und ihr wehmütiger, tränenverschleierter Blick folgte einer Falte, und danach noch einer und noch einer, bis es Nacht wurde und die Dunkelheit das Buch allmählich schloss.
Der Boden ihres Palastes war mit Glasscherben übersät. Der Wind, der Tag und Nacht blies, hatte die beiden einzigen Fenster kaputt geschlagen, und durch die beiden klaffenden Löcher drangen sacht wie ein Geheimnis ferne menschliche Stimmen an das Ohr der Königin, die ergriffen lauschte.
Auch sie wollte ihnen ihr Geheimnis zuflüstern. Das große Buch ihres Lebens vor ihnen aufschlagen. Ihnen Erinnerungssplitter in die Hand legen. Sie wünschte es sich so sehr, dass sie ihre Erinnerungen immer öfter laut vor sich hin sprach. Sie flehte den Wind an, ihre Worte weit, sehr weit fortzutragen, damit die Menschen in der Wüste ihre Geschichte hörten.
Die Tage endeten jede Nacht und die Nächte erwachten jeden Tag ... und eines Morgens tat die Königin ihren letzten Atemzug. Wie ein Leichentuch hüllte ihr langes Haar ihren Körper von Kopf bis Fuß ein.

Der Wind aber hatte ihre Worte nicht sehr weit getragen. Die meisten Wörter waren noch zu ihren Füßen verklungen, die mit etwas mehr Glück hatten es aus dem Fenster geschafft, waren jedoch, von Schwindel erfasst, gleich vor der Palasttür zu Boden getrudelt.

Es war einmal

Ein Volk, das von der langen Wanderung durch die Wüste erschöpft war. Die Füße zerschunden, die Leiber von der Witterung fühllos geworden und die Haut von der Sonne verbrannt. Ganz vorn führte ein Greis die Gruppe an. Seine Augen, von Sand und Wind gerötet, suchten den unendlichen Raum nach einem Platz zum Verweilen ab, vor allem aber nach einem Ort, an dem sein Volk sich endlich für immer niederlassen könnte.
Plötzlich sah er in der Ferne einen Palast aus dem Boden auftauchen wie eine Fata Morgana. Mit einer Handbewegung bedeutete er seinem Volk, ihm zu folgen. Am Palast angekommen, klopfte er dreimal kräftig ans Eingangstor.
Die Stille raunte ihnen zu, dass dieser Ort schon seit Jahrhunderten verfiel.
Der Staub flüsterte ihnen zu, dass dieser Ort das Grab einer Königin war.
Erschrocken wich das Volk zurück. Der Greis aber trat näher. Er hob eine Handvoll Wörter auf, die vor der Tür im Sand lagen, und verstaute sie sorgfältig in seiner Tasche, bevor er in dem geheimnisvollen Gemäuer verschwand.

Niemand weiß, was er dort sah, niemand weiß, was er tat. Als er wieder herauskam, sagte er seufzend: »Von nun an wird dieser Palast unser Zuhause sein, hier sollen unsere Frauen in Liebe Leben schenken und unsere Alten es in Würde wieder zurückgeben.«
»Wie heißt dieser Palast?«, kam eine neugierige Stimme aus der Menge.
Da zeigte der weise Alte, der so viele Wörter erfinden konnte wie es Dinge gibt, auf den Palast und blickte zu seinem Volk:
»Ich nenne ihn das Königreich des Exils.«

»Das Königreich des Exils.«
Die erstaunte Menge begann, die vier Wörter leise vor sich hin zu sprechen.
Ein jeder wiederholte sie, wie um ihr Geheimnis zu entschlüsseln.
Das Gewirr all dieser Stimmen stieg hinauf zu den zerschlagenen Palastfenstern und drang in das Gemach der Königin, die nur noch ein Häufchen Sand auf einem Thron war, über den der Wind ein letztes Mal hinwegfegte.

DIE SCHULGLOCKE LÄUTET

Ich sehe die Kinder mit lautem Geschrei herumjagen. Ich dagegen bleibe auf meiner Bank sitzen. Ich bin unfähig, mich zu bewegen. Jeder Schüler stellt sich in eine Reihe und folgt einem Erwachsenen, dem Lehrer oder der Lehrerin, in den Klassenraum.
Ich habe keine Ahnung, wo ich mich anstellen muss. Welche Reihe ist meine? Wem muss ich hinterhergehen? Welche Gruppe ist meine Klasse?
Mein erster Schultag nach den Ferien, und schon ist alles vermasselt. Ich kann einfach niemanden entdecken, der so aussieht wie die große, dürre, dunkelhäutige Frau mit den krausen Haaren, die meine Lehrerin ist und mich vor ein paar Tagen zusammen mit der Direktorin in Empfang genommen hat, um mich den anderen Schülern vorzustellen.
Ich erkenne auch keines der Kinder wieder, die ich am Besuchstag nur flüchtig wahrgenommen habe.
Ich bin völlig durcheinander und fühle mich allein, offenbar habe ich eine Blase um mich herum gebildet, die mich vor den Augen der anderen verbirgt, denn niemand nimmt mich wahr. Bin ich also vielleicht gar nicht da?
Ich warte einfach ein bisschen ab. Bestimmt kommt gleich ein Erwachsener, der sich um mich kümmert. Meine Leh-

rerin wird auf der Bildfläche erscheinen und mich mit in die Klasse nehmen.
Eine nach der anderen gehen die in Zweierreihen geordneten Schülergruppen hinter ihrem Lehrer in die Klasse.
Dann ist nur noch eine Gruppe übrig, und auch die geht wie die anderen in den Unterricht, direkt an mir vorbei, als wäre ich unsichtbar.
Im Ernst, niemand, absolut niemand nimmt Notiz von mir.
Nun ist der Hof leer. Ich werfe einen Blick hinüber zu dem Fries auf der Mauer. Ich blicke zu den Bäumen hinauf.
Eine unbestimmte Angst steigt in mir hoch. Irgendwas treibt mich dazu, von hier wegzulaufen, raus aus dieser Schule. Ich stehe auf und gehe auf das blaue Tor zu, gelange unbemerkt an der Pförtnerloge vorbei, ziehe das Tor mit aller Kraft auf und gehe hinaus.
Dann bin ich draußen. Ich renne los, schließlich will ich nicht, dass mich irgendwer schnappt oder meldet. Ich komme mir schuldig vor, dass ich einfach so davonlaufe. Trotzdem renne ich immer weiter. Ohne zu wissen, wohin. Ich will nach Hause. Aber wie? Mit welcher Metro? Ich komme mir hilflos vor, mutterseelenallein und fremd. Ich bleibe stehen und beginne zu weinen.
Da ruft eine Stimme nach mir. Suchend schaue ich mich um. Die Stimme kommt näher. Es ist ihre Stimme. Ich erkenne den Klang der Stimme meiner Großmutter. Ich wende den Kopf um und sehe sie neben mir auf einer Bank sitzen, direkt hier, auf dem Gehweg. Sie ist wirklich da! Ich kann es nicht fassen. Ich sinke in ihre Arme, setze mich auf ihren Schoß und drücke sie fest an mich.

Sie streicht mir sacht übers Haar, dann nimmt sie mein Gesicht in beide Hände und sieht mich tröstend aus ihren sanftmütigen Augen an.
»Maryam, du musst zu deiner Schule zurück. Warum bist du einfach so weggerannt?«
»Ich bin unsichtbar in dieser Schule. Ich will nicht zurück.«
»Du bist nicht unsichtbar. Ich jedenfalls kann dich sehr gut erkennen.«
»Du bist ja auch meine Oma. Du kennst mich. Aber die dort kennen mich nicht.«
»Sie werden dich schon noch kennenlernen. Sie werden lernen, dich genauso zu sehen, wie ich dich sehe. Na los, steh auf und geh zurück.«
»Nein, ich will hierbleiben, in deinem Arm.«
»Du hast überlebt, vergiss das nie.«

Dann ist sie weg. Ich sitze wieder allein auf der Bank. In der Ferne erkenne ich die französische Fahne, die im Wind flattert. Die Fahne der Schule.
Ich öffne das große Tor. Dann gehe ich in die Loge, wo die Pförtnerin sitzt. Überrascht schaut sie mich an und sagt etwas auf Französisch. Ich verstehe nichts, doch dann nenne ich ihr einfach meinen Namen und den meiner Lehrerin, den ich auswendig gelernt habe.
Sie nickt, zum Zeichen, dass sie verstanden hat und bringt mich zum Klassenraum.
Mein Herz hämmert wie wild, es ist kurz vorm Zerspringen.
Wir klopfen an. Madame Berry öffnet die Tür. Bei mei-

nem Anblick entfährt ihr ein kurzer freudiger Schrei. Dann nimmt sie mich mit echtem Wohlwollen und einem Lächeln im Gesicht bei den Schultern und führt mich zu meinem Stuhl. Während ich meine Schulsachen aus dem Ranzen hole, lasse ich meinen Blick kurz durch den Klassenraum schweifen. Vor mir hängt eine große Frankreichkarte an der Wand.

Sie schließt die Tür wieder und ich nehme an meiner ersten Unterrichtsstunde in Französisch teil.

ICH SPRECHE NICHT

Ein paar Wochen sind vergangen. Das kleine Mädchen spricht noch immer nicht mit seinen Klassenkameraden. Hartnäckig lässt es den Mund geschlossen. Der Mund ist versiegelt, aber Augen und Ohren sind weit aufgesperrt. Die Kleine schnappt alles auf, registriert und verarbeitet, was sie sieht und hört. Aber sie spricht nicht.

Und doch hat sie diese Sprache sehr wohl gelernt, denn sie denkt bereits auf Französisch und erfindet Gespräche, in denen sie sich verteidigt und allen beweist, wie gut sie sie spricht.

Die anderen Schüler der Schule betrachten sie mit einer Mischung aus geheucheltem Mitgefühl und Spott, sie ist die Fremde, die, die kein Wort Französisch spricht, die Stumme, eine vom Mars, die arme Kleine.

Ich erinnere mich an die vielen Sätze in der Einsamkeit meines Kopfes. Ich sehe mich wieder über den Schulhof spazieren, noch immer allein, noch immer in meiner Blase. Ich bewegte Unmengen von Wörtern in meinem Kopf, ich bildete Sätze, ergriff in aller Öffentlichkeit das Wort und erklärte vor versammelter Menge, dass ich keineswegs stumm sei, auch keine Fremde und auch nicht vom Mars, sondern die neue Sprache für mich allein haben wollte.

Im Augenblick jedoch kommt nichts aus mir heraus. Noch nicht. Ich will nicht. Ich traue mich nicht.

Die Kleine gluckt auf ihrer neuen Sprache wie eine Henne auf ihrem Ei. Sie braucht diese lange, einsame Zeit des Brütens. Der Mund ist versiegelt, doch jedem neuen Wort wird größte Aufmerksamkeit geschenkt.
Die Welt der Erwachsenen ist wie immer besorgt:
»Maryam spricht immer noch nicht, als Lehrerin macht man sich da natürlich Sorgen. Es sind doch schon vier Monate, und kein einziges Wort. Die arme Kleine ist traumatisiert.«
»Maryam spricht immer noch nicht, sie ist blockiert, als Eltern machen wir uns große Sorgen.«
»Warum spricht Maryam immer noch kein Französisch? Unsere Tochter hat wahnsinnig schnell gelernt, wir können sie kaum noch bremsen, jetzt plappert sie nur noch auf Französisch. Ihr solltet zu einem Psychologen.«
»Na los, sag ein Wort, zeig mir, dass du Französisch sprechen kannst. Mir zuliebe.«
»Dieses Kind bringt uns noch alle ins Grab! Erst die Horrorbilder, dann die Angstattacken jede Nacht, und jetzt weigert sie sich auch noch zu sprechen. Was soll bloß aus ihr werden?«

Doch sie bleibt stumm. Dass die Erwachsenen, diese Tyrannen, sich Sorgen machen, kümmert sie nicht. Sie verschanzt sich in ihrem Zimmer, wo sie jedes gelernte Wort heimlich aufschreibt und es sich ganz leise vorsagt. Auf

keinen Fall darf sie jemand hören oder gar hinter ihr Geheimnis kommen.
Ich bin eine Hexenmeisterin, die eine neue Sprache braut, und ich will nicht, dass man mich dabei drängt. Bald schon werde ich mein Französisch zur Welt bringen, wie ein Kind, das man gebärt, ich weiß es, und ich werde es tun, wenn die Zeit reif dafür ist. An dem geheimen Ort meiner Blase, meiner inneren Welt, meiner ganz persönlichen Plazenta nimmt die Sprache allmählich Gestalt an.

Wir sitzen am Tisch. Etwas bereitet mir Kummer. In der Schule hat ein Kind »Schwein« zu mir gesagt. Ich weiß nicht, was das Wort bedeutet, glaube jedoch, einen spöttischen Unterton herausgehört zu haben. Ich rede mit meinen Eltern darüber. Auch sie wissen nicht, was das Wort heißt. Wir nehmen uns das Wörterbuch vor. Mein Vater bricht in lautes Lachen aus und teilt uns die Übersetzung mit. Auch meine Mutter muss lachen. Ich hingegen finde das überhaupt nicht witzig. Ich wurde als Schwein bezeichnet und habe die Beleidigung noch nicht mal verstanden, und das vor all den anderen. Wie lange noch werde ich ohne Sprache sein und auf die sarkastischen Bemerkungen dieser Primitivlinge nichts erwidern können?

Es war an einem Sonntagmorgen. Wie immer am Sonntag frühstückten wir gemeinsam. Mein Vater hatte Rührei gemacht und Tee gekocht, im Fernsehen lief einer meiner Lieblingstrickfilme: Inspector Gadget.

Plötzlich brach es aus mir heraus: Mein Französisch erblickte das Licht der Welt. Voller Begeisterung und in rasender Geschwindigkeit fing ich an, auf Französisch zu reden, ohne jede Unterbrechung.
Ich sagte, wie sehr ich Inspector Gadget mögen würde, erzählte meinen Eltern von meinem gestrigen Tag, sagte, dass ich Mathematik nicht ausstehen könne und ein Mädchen besonders gemein zu mir gewesen sei, dass Madame Berry komische Haare hätte und ich es besser fände, wenn meine Schule gleich nebenan liegen würde, dass ich gerne Diktate schriebe und sich die Kinder manchmal über meine Kleidung lustig machen würden. All das sprudelte vollkommen zusammenhanglos und auf fröhlich-verrückte Weise aus mir heraus, zur Verblüffung meiner Eltern, die mich entgeistert anstarrten.
Die Wörter hatten es eilig, waren so voller Ungeduld, dass es in der kleinen Einraumwohnung nur so herausschoss, sie flogen und flatterten herum, prallten gegen die Möbel, schnellten wie Pfeile von meinem Mund weg, hinüber zur Wand und Richtung Decke und drehten sich um sich selbst. Sie waren erleichtert, endlich aus meiner inneren Blase heraus zu sein und hocherfreut, sich mit den anderen verständigen zu können. Der ganze Raum war mit meinen französischen Wörtern angefüllt.
Meine Mutter lachte mit Tränen in den Augen und mein Vater war unfähig, die Gabel, die er zwei Zentimeter vor seinem Mund hielt, abzulegen, als sei er durch einen Filmtrick in dieser Haltung erstarrt. Schließlich ließ er sie doch fallen und rief:

»Sie spricht! Endlich spricht meine Tochter Französisch. Und wie unglaublich gut dein Französisch klingt! Sprich weiter, bitte, ich will hören, wie du diese Sprache sprichst.«

Das kleine Mädchen, dem man den Spitznamen »Stumme« gegeben hatte, verwandelte sich später in eine derart schwatzhafte Schülerin, dass sämtliche Lehrer »Verwarnung wegen Schwatzhaftigkeit« im Zeugnis vermerkten, von der 2. Klasse an bis zum Abitur.

ICH ESSE NICHT

Ich hasse den Speisesaal. Ich hasse es, wenn so viele Kinder an ein und demselben Ort versammelt sind. Ich hasse das dichte Aufeinanderhocken beim Essen. Ich hasse ihr Herumgetobe und das Geschrei. Ich hasse die Art, wie sie essen. Ich hasse das Essen, das wir bekommen: Mal schmeckt es nach gar nichts, mal einfach nur eklig. Ich will das Essen, das meine Mutter und meine Großmutter kochen. Ich will iranisches Essen, ich will Basmatireis. Den Reis hier, dick, hart und trocken, der nach Wasser schmeckt, rühre ich auf keinen Fall an. Am widerlichsten finde ich das Fleisch. Es ist kaum zubereitet oder auch nur durchgebraten. Ein großes Stück Fleisch, das in seinem eigenen Blut schwimmt, so wird es mir auf den Teller geworfen. Als ich das zum ersten Mal sah, bekam ich schreckliche Angst. Ich war also bei den Barbaren gelandet! Oder aber es ist ganz viel Fett dran, wie bei dem Gericht mit den halbgekochten Möhren, Bœuf Bourguignon, dem Essen, das ich am wenigsten mochte. In der iranischen Küche schneidet man das Fleisch sorgfältig in kleine Stücke und schmort es anschließend mit Gemüse, Gewürzen und Kräutern auf kleiner Flamme in einer Sauce, oder aber man mischt es mit Zwiebeln und bereitet es als Kebab auf einem Grill zu. Es schmeckt köstlich und zergeht auf der Zunge. Es ist pi-

kant. Damit es diesen Geschmack bekommt, braucht es Geduld.
Noch dazu zieht sich die Schulspeisungszeremonie in die Länge. Zuerst kommen die Vorspeisen, dann das Hauptessen, danach die Milchspeisen und schließlich der Nachtisch. Jeder Abschnitt kommt mir endlos vor. Was für ein Aufriss! Wenn meine Mutter kocht, handelt es sich um ein einziges Essen, dazu gibt es Joghurt oder Salat, es schmeckt köstlich, und ich bin bis zur nächsten Mahlzeit satt. Es schmeckt, geht schnell und wirkt. Ich denke an das schmackhafte Ghormeh Sabzi: ein Ragout aus Koriander, Petersilie, Spinat, gehacktem Tareh, Shanbalileh[3] und roten Bohnen, in dem man Lammfleischstücke und getrocknete Zitronen köcheln lässt, dazu mit Safran gewürzter, duftender Basmatireis. Ein anderes Leibgericht von mir ist Kale Gonjishki, was im Persischen »Sperlingsköpfe« bedeutet: Dafür mischt man Rinderhackfleisch mit Zwiebeln und formt kleine Bouletten, daher der Name. Anschließend würfelt man Kartoffeln und lässt das Ganze langsam in einer köstlichen, mit Kurkuma abgeschmeckten Tomatensauce vor sich hin köcheln.

Ich habe beschlossen, nicht zu essen. Bitte sehr, eine Art Hungerstreik. Als Ausdruck meines Protests. Ich werde meinen Teller nicht anrühren, dann sterbe ich eben, na und. Die Küchenfrauen, wie sie genannt werden, wollen unbedingt, dass ich was esse, doch ich weigere mich ent-

3 Iranische Gewürzkräuter

schieden. Die anderen Kinder gucken zu mir rüber und flüstern sich gegenseitig was ins Ohr, die feigen Biester tuscheln über mich. Sollen sie reden, mir egal. Hier esse ich auf keinen Fall.

Wie gern würde ich von diesem Ort verschwinden. Nur weiß ich nicht, wo ich mich verstecken soll, vielleicht unter dem großen Tisch, doch dann würden alle lachen und mit dem Finger auf mich zeigen. Und wenn ich einfach aus dem Speisesaal abhaue, wie am ersten Tag, als ich aus der Schule weggelaufen bin? Vielleicht würde ich ja wieder meine Großmutter treffen, und sie würde mir leckeres iranisches Essen kochen. Aber ich habe keine Ahnung, was passiert, wenn ich das tue, und außerdem bin ich wie gelähmt, sobald ich im Speisesaal sitze. Eine unergründliche Angst steigt in mir hoch, die ich auch später nie ganz erklären konnte. Eine Angst, die mich vollkommen bewegungsunfähig macht, nicht mal meinen Mund kann ich öffnen, um die fremden, ekligen Speisen in mich aufzunehmen. Sosehr ich mich auch wehrte, sie zwangen mich ein ganzes Jahr lang, dort zu essen, da meine Mutter mich mittags nicht abholen konnte. Jeden Morgen stellte ich die verhängnisvolle Frage: »Muss ich heute wieder in der Schule essen, Mama?« Und jeden Morgen dieselben Tränenausbrüche.

Die Nachricht machte die Runde. Nach »Maryam spielt nicht« und »Maryam spricht nicht« hieß es nun »Maryam isst nicht«. Es folgten Vergeltungsmaßnahmen, meine Lehrerin schimpfte mit mir. Einmal bestrafte sie mich sogar vor den anderen Schülern, indem sie mich zwang,

während der Pause auf einer leeren Bank zu sitzen, weit weg von den anderen, aber gut sichtbar für alle. Was mir durchaus recht war, wenigstens musste ich auf diese Weise nicht an ihrem kollektiven Gemampfe teilnehmen, und außerdem war es mir schnuppe, wenn sie mich so an den Pranger stellten.
Ein anderes Mal schrie sie mich an, weil sie wollte, dass ich einen Löffel Möhrenbrei herunterschluckte. Sämtliche kleine Augen am Tisch waren auf mich gerichtet. Ich brach zusammen und weinte. Ich konnte nicht mehr. Madame Berry beruhigte sich und redete mir gut zu, doch es half nichts, der Möhrenbrei gelangte nicht in meinen Mund.

Auch die Küchenfrauen wurden immer feindseliger. Zu Beginn wollten sie aus einer Art Mitleid, dass ich was aß, aber dann lästerten sie wie die anderen Kinder über mich. Sie machten sich über meine Herkunft lustig. Eine der Küchenfrauen bringt immer denselben Spruch: »Das hier ist kein Schweinefleisch, wirklich, nun iss schon.« Warum sagt sie so was zu mir? Eine andere meint: »Sollen wir Couscous für dich kochen?« Ich weiß nicht mal, was Couscous ist. Und eine dritte, die sich besonders schlau vorkommt: »Wir machen ein Curry für dich, sie kommt doch aus Indien, oder?« Und dann lachen sie sich jedes Mal kaputt, wie fette, blöde Gänse.

Manche der Kinder sind froh, neben mir zu sitzen, weil sie dann meine Portion essen können. Diese Fresssäcke, sollen sie doch ersticken an meiner Vorspeise oder dem Nachtisch. Das Allerekligste ist der Käse. Der französische Käse stinkt. Es ist unerträglich. Ich träume von unserem iranischen Feta. Weißer Panir, rein und frisch, der nicht nach vergammelter Schuhsohle riecht und auch nicht zerläuft oder klebt wie diese ekelhafte Sache, die sich Camembert nennt, nur ein ganz leichter Duft nach Ziege oder Schaf, so zergeht er einem auf der Zunge. Ich esse ihn morgens zum Frühstück, dazu gibt's Tee. Sie hingegen, die Franzosen, essen den Käse *nach* dem Essen. Vollkommen meschugge. Alles ist durcheinander, total verdreht und ich verstehe nicht das Geringste davon.

DIE RATTE

Es ist Unterricht. Ich muss dringend zur Toilette. Zögerlich melde ich mich. Die Lehrerin erlaubt mir zu sprechen. Ich schäme mich ein bisschen, nach so einer Sache zu fragen. Außerdem habe ich Angst, einen Fehler auf Französisch zu machen. Die anderen Schüler werden mich ganz bestimmt auslachen. Ich bitte um Erlaubnis, auf die Toilette gehen zu dürfen. Sie sagt, ich solle warten, und fügt irgendetwas mit »Hofpause« und »Klingel« an. Ich bin mir nicht sicher, ob ich es genau verstanden habe. Ich warte eine Weile, dann melde ich mich erneut.

»Was gibt's denn schon wieder, Maryam?«

»Darf ich zur Toilette gehen?«

»Ich habe gesagt, du sollst einen Moment warten.«

Ich traue mich nicht, noch einmal zu fragen. Gleich fließt es, ich spüre es. Ich halte es nicht mehr aus. Trotzdem versuche ich es weiter, indem ich die Beine zusammenpresse, aber der Druck ist zu stark. Plötzlich lasse ich einfach los. Ich mache Pipi im Unterricht. Eine heiße Flüssigkeit rinnt mir an den Beinen hinab und tropft auf den Boden unter meinem Stuhl. Schon hat sich eine Pfütze gebildet. Wie gelähmt sitze ich da, in der Hoffnung, dass es niemand bemerkt. Die Pausenklingel ertönt. Die Lehrerin bittet die Schüler, leise aufzustehen. Nur ich rühre mich nicht. Meine Banknachbarin fragt, warum ich sitzen bleibe, dann merkt sie, dass ich mir in die Hose gemacht habe. Sie stößt ein lautes »Oh« aus, wobei sie sich die Hand vor den Mund schlägt, und meldet es sofort der Lehrerin. Ich bin blass. Ich möchte sterben. Ja, ich werde vor Scham sterben. Ich beginne zu weinen. Sie kommt zu mir, anscheinend ist sie mehr erstaunt als verärgert.

»Aber Maryam, du hättest mir sagen müssen, dass es so dringend war.«

Ich fühle mich elend. Ich bin eine Ratte auf der Suche nach einem Loch, in dem ich mich verstecken kann.

Sie sagt, ich solle hier warten. Anschließend bringt sie die anderen Schüler in den Hof und kommt mit einer sauberen Hose zurück, gefolgt von einer Putzfrau. Sie hilft mir in die Hose, und die Putzfrau wischt mein Pipi vom Boden auf.

Dann sagt sie, ich solle die Pause über im Klassenzimmer bleiben. Sie schimpft auf eine nette Weise und gibt mir zu verstehen, dass das hier schon Strafe genug für mich ist. Noch immer starr vor Scham, bringe ich kein Wort heraus. Sie gehen.

In der verwaschenen gelben Hose, die mir viel zu klein ist, sitze ich auf meinem Stuhl im leeren Klassenzimmer. Ich betrachte die Sachen, die auf den Tischen meiner Klassenkameraden liegen. Ich lausche auf das Gekreische der spielenden Kinder unten im Hof.

Oh nein! Ich spüre, dass ich noch mal muss. Ich gerate in Panik. Ich weiß nicht, ob ich aus dem Raum gehen darf. Sie hat gesagt: »Du bleibst in der Pause hier.« Mit mahnend erhobenem Zeigefinger. Das habe ich sehr wohl verstanden. Andererseits werde ich mir nicht noch mal in die Hose machen. Sei's drum. Ich stehe auf und öffne vorsichtig die Tür, schlüpfe in den Flur hinaus und gehe die Treppe hinunter. Um zur Toilette zu gelangen, muss ich über den Hof. Doch plötzlich kann ich keinen Schritt mehr tun. Ich traue mich nicht über den Hof, ich will mich in dieser lächerlichen Hose nicht den Blicken der anderen Kinder aussetzen. Bestimmt werden sie mit dem Finger auf mich zeigen und lachend rufen: »Guck mal, das ist die, die im Klassenraum Pipi gemacht hat, wie albern sie in ihrer Hose aussieht.« In der Hose der Schande, der Hose, die stigmatisiert, der Hose derjenigen, die im Unterricht eingepullert haben, alle werden sie diese Hose erkennen und wissen, dass ich im Unterricht eingepullert habe. Nein, ich gehe auf keinen Fall über diesen Hof. Außerdem habe ich Angst, dass meine Lehrerin mich sieht und wieder schimpft, weil ich einfach aus dem Klassenraum gegangen bin. Obwohl der Hof kaum einen Meter von mir entfernt ist, schaffe ich es keinen Zentimeter weiter. Unmöglich, vom Bereich des Schulgebäudes in den Hofbereich zu gelangen. Ein paar Schritte würden genügen, ich bräuchte nur loszurennen, sobald ich im Hof wäre, doch die Schwelle ist unüberwindlich. Dazu der quälende Drang, Wasser zu lassen, der mir die Blase zusammendrückt. Suchend blicke ich mich nach einer Stelle um, wo ich mich unbemerkt erleichtern könnte und entdecke einen Winkel unter der Treppe, eine Art Nische für Mülltonnen und Besen. Dort wird mich keiner so leicht entdecken. Wie ein gehetztes Tier schaue ich mich um. Niemand da. Ich halte es nicht mehr aus, versteckt hinter den Besen und Mülltonnen mache ich schließlich Pipi unter der Treppe. Mein Urin fließt weg, und ich bekomme Angst, er könnte so weit fließen, dass jemand das Rinnsal entdeckt und mir so auf die Schliche kommt. Sofort höre ich auf. Ich gebe acht, dass ich nicht in die Pfütze trete. Schuldbewusst, wie eine Aussetzige gehe ich wieder hinauf ins Klassenzimmer, eine kleine, dreckige Ratte bin ich.

DIE WASCHANSTALT

Zu Beginn hatte man mich in nur eine Klasse gesteckt. Später, ein paar Wochen darauf, fand ich mich in einer anderen Klasse wieder, während ich trotzdem in der ersten weitermachte.
Ich habe also zwei Klassen und zwei Lehrer, genau wie ich zwei Sprachen, zwei Geschmackssorten im Mund und zwei Musikstile im Kopf habe und meinen Vornamen auf zwei verschiedene Arten ausspreche.

Es gibt die »normale« Klasse und die »Spezialklasse«.
Die sogenannte Spezialklasse wird auch CLIN genannt.
CLIN: *Classe d'initiation pour non-francophones.* Ein Einführungskurs für nicht französischsprachige Kinder.
Eine Grundschulklasse für nicht französischsprachige Schüler, die erst vor Kurzem nach Frankreich gekommen sind. Ziel des CLIN: den nicht französischsprachigen Schüler in die Schule zu integrieren. Der Schüler aus der CLIN lernt jedoch gleichzeitig in einer herkömmlichen Klasse. – Die Definition des Ministeriums für Schul- und Hochschulwesen.

Ich hasse die »Spezialklasse«.
Dabei ist der Lehrer sehr nett. Er heißt Julien, hat große

blaue Augen und dunkelblondes Haar. Er lächelt unentwegt, ist freundlich und stets geduldig mit uns. Er ist der Jesus Christus des Schulwesens. Er hilft uns dabei, die Last aus Verständnislosigkeit und Schmerz zu tragen. Er müht sich den lieben langen Tag, damit wir Französisch lernen. Er schaut bei jedem einzelnen Kind vorbei, setzt sich daneben, nimmt sich Zeit, schwitzt, erklärt zwanzigmal dieselbe Sache, denkt sich Tricks und Eselsbrücken aus, zeichnet zum besseren Verständnis Dinge auf und bleibt auch nach dem Ende des Unterrichts noch da, wenn es schwierige Fragen aus der Stunde zu klären gibt. Zum Abschied umarmt er uns jedes Mal. Seine Augen leuchten, wenn er sieht, dass sich ein Schüler Mühe gibt.
Ich bin ein wenig verliebt in ihn, ich gebe es zu. Schlagartig bin ich doppelt fleißig, damit ich diese Sprache noch schneller lerne. Doch eigentlich lerne ich nur deshalb so schnell und gut Französisch, weil ich trotz meiner heimlichen Liebe zu Julien aus dieser Klasse rauswill. Es wird traurig sein, ihn nicht mehr als Lehrer zu haben, aber ich will in die normale Klasse. Die Klasse interessiert mich, weil dort die echten Franzosen sitzen. Ich möchte so sein wie sie: gewöhnlich, normal, französisch. Das wahre Leben spielt sich dort ab.

Hier hingegen sind Elend und Ausgrenzung sofort zu spüren. Die Klasse ist wie ein »Hinterhof«, eine Abstellkammer, ein Ort, an dem man das versteckt, was unansehnlich ist und niemandem gezeigt werden darf.
Ich mag diese traurig dreinblickenden Kinder mit den

weggeduckten Körpern nicht. Sie sind schlecht gekleidet, wirken armselig, irgendwie sieht man ihnen an, dass sie was durchgemacht haben. Außerdem scheinen sie dahinzutreiben, sind gänzlich ohne festen Halt. Sie sprechen schlecht Französisch. Manche von ihnen machen keinerlei Fortschritte, als würden geheime Kräfte sie daran hindern.

Was für eine merkwürdige Klasse: ein Trupp orientierungsloser, liebeskranker Gestalten, die eines Morgens einfach so auf französischem Boden ausgesetzt worden sind.

Immer wenn ein neuer Schüler in diese Klasse kam, musste er sich vorstellen und den anderen erzählen, aus welchem Land er stammte. Bevor ich diese Klasse wieder verließ, habe ich Kinder aus vielen Nationen vorbeischauen oder bleiben sehen: Pakistani, Algerier, Polen, Senegalesen, Türken, Kabylen, Chinesen, Vietnamesen, Inder, Tunesier, Bengalis, Rumänen, Russen, Portugiesen, Kameruner, Ägypter, Iraki, Afghaner ... und ich, die Iranerin.

Ich wusste, dass ich wie sie war. Obwohl ich mich gegen diese Vorstellung wehrte und mich weigerte, mich als Ihresgleichen zu sehen. Doch wir waren uns ähnlich. Sie waren meine Leidensgenossen, meine Exil- und Sehnsuchtsgefährten, wir trugen gemeinsam an all dem, was auf unseren schmalen Schülerschultern lastete und mussten damit ins Leben gehen. Manchmal hatte ich das Gefühl, wir schleppten in unseren Ranzen nicht Füller, Filzstifte, Bücher und Hefte mit uns herum, sondern eine

Menge Geschichten, die nicht sonderlich lustig waren und etliche spurlos verschwundene Gesichter.
Zudem hatten wir eine seltsame Art, durchs Leben zu gehen: mit einem Fuß in Frankreich und dem anderen dort. Kleine verrenkte Marionetten. Wir glichen Kindern, die zu schnell gewachsen und vor der Zeit gealtert sind. Sie hielten mir einen Spiegel vor, in den ich nicht hineinsehen wollte. Ich wollte nicht anders sein. Ich sah die Narbe in ihrem Gesicht. Die Narbe all jener, die das Exil zweigeteilt hat. Ich wollte sie wegwischen und meine Geschichte radikal umschreiben, auf dass sie normal, einheitlich und französisch klang.
Jahre danach, ich studierte bereits im Masterstudiengang *Französisch als Fremdsprache*, hatten wir ein Seminar über die »Willkommensstrukturen« für diejenigen, die ENA genannt werden: *enfants nouvellement arrivés*, Kinder also, die in Frankreich Neuankömmlinge sind. Dabei ging es auch um die CLIN, die Klassen, in denen der nicht französischsprachige Schüler eine »Einführung« im Hinblick auf seine vollständige Integration im französischsprachigen Raum erfährt – zum Glück war unsere Dozentin sehr kritisch. Sie prangerte die fehlende kulturelle Offenheit an, die Gefahren der Assimilation und auch die Weigerung, den anderen *tatsächlich* bei sich aufzunehmen, das heißt mitsamt seiner Kultur, seiner Heimat, seiner Identität und seiner Sprache. Sie hoffte, dass diese Strukturen irgendwann zu wahren Orten der interkulturellen Akzeptanz und des Austausches würden.
Erst dort, in ihren Kursen, begriff ich, dass ein großange-

legtes Reinigungsverfahren an mir vorgenommen worden war. Als hätte unser Anderssein versteckt werden müssen, mit anschließender Komplettlöschung. Fünf Minuten lang darf sich das nicht französischsprachige Kind den anderen vorstellen, hier wird zum ersten und einzigen Mal seine Herkunft erwähnt, danach nichts mehr. Ist der Vorgang des »Cleaning« schließlich beendet, schickt man es in die »echte« Klasse. CLIN oder CLEAN – fühlt sich beides gleich an. Es wird gelöscht und gereinigt, sie tauchen einen ins Wasser der Frankophonie, um unsere Erinnerung und unsere Identität zu waschen, und wenn alles ganz sauber ist und rein, das Innere hübsch leergeräumt, bekommt man die Belohnung: Von jetzt an bist du bei den Franzosen, also versuch, dich der Gunst, die man dir gewährt, auch würdig zu erweisen. Eine sonderbare Art, jemand Fremdes bei sich zu Hause willkommen zu heißen. Zwischen dem, der ankommt und dem, der den anderen »willkommen heißt«, wird schnell eine Art Abmachung getroffen: Ich akzeptiere, dass du hierbleibst, aber nur wenn du dir Mühe gibst, so zu werden wie ich. Vergiss, woher du kommst, hier spielt es keine Rolle mehr.

AUF DER SUCHE NACH DER VERLORENEN SPRACHE

Es war einmal

Eine verlorene Sprache in einem fremden Land.
Fremd in einem Land, wo ihr Geruch niemandem vertraut war. Ihr Klang, ihre Melodie, ihr stets ein wenig klagender, schleppender Tonfall berührten kaum mehr das Herz der Menschen, besaßen für sie höchstens noch einen leicht exotischen Reiz.
Die Sprache versuchte, sich irgendwie einen Platz zu erobern, ein wenig Heimatrecht zu erlangen. Zaghaft deutete sie auf der Straße ein paar Wörter oder Laute an, doch die Wörter fielen auf den Boden der Wunderlichkeit und des Unverständnisses, zuweilen versanken sie sogar im ätzenden Meer der Spottlust.
Niemand sprach die Sprache. Sie musste sich damit abfinden und die Sache akzeptieren. Die wenigen Sprecher, die sie noch sprachen und verstanden, schämten sich ihrer ein wenig und redeten nur leise, wenn sie draußen unterwegs waren. Die fremde Sprache machte Fremdlinge aus ihnen, und wer will schon, dass die anderen mit Fingern auf einen zeigen.
Manchmal träumte sie von jener Zeit und jenem Land,

als sie offiziell anerkannt war, Millionen von Menschen sie gebrauchten und keine andere Sprache es mit ihr aufnehmen konnte. Ihre Rechtmäßigkeit verlieh ihr eine ungeheure Kraft.
Hier jedoch war sie auf nur drei Sprecher beschränkt: einen Vater, eine Mutter und ein Kind.
In dieser erdrückenden, verborgenen Gemeinschaft büßte die Sprache viel von ihrer Lebenskraft und Stärke ein. Sie wurde immer schwächer. Sie hatte was von der Gebrechlichkeit kranker Menschen, die sich aus Angst und Scham vor dem Rest der Welt in einem Winkel verstecken. Jeden Tag wich sie vor der Macht ihrer Rivalin zurück, jener anderen Sprache, die die offizielle Sprache des neuen Landes war.
Bis es sie schließlich nur noch in einer Dachkammer im sechsten Stock eines Pariser Mietshauses gab, wo sie sich zwischen vier Wänden verschanzte, versteckt in einer Mansarde, der man das Elend sofort ansah.

Es war einmal

Ein kleines Mädchen, das auf der Suche nach seiner Sprache war.
Die Kleine suchte danach, wenn sie durch die Straßen lief. Aufmerksam spitzte sie die Ohren, in der Hoffnung, ein oder zwei vertraute Wörter aufzuschnappen. Mit großen dunklen Augen beobachtete sie die Leute, immer darauf aus, den Klang ihrer Muttersprache herauszuhören.

Wo ist das Persische hin?, fragte sich das Mädchen. Anfangs dachte es, die Sprache hätte ihr vielleicht nur einen Streich gespielt. Dass das Persische sich für eine Weile als Französisch verkleidet hätte und bald wieder zum Vorschein kommen würde. Dann dachte es, das Persische habe nie existiert und sei nur ein Traum gewesen. Und danach verfiel das Mädchen in tiefe Melancholie bei dem Gedanken, dass das Persische gestorben war, so wie Menschen, Tiere und Pflanzen sterben, wie alles, was auf der Erde lebt. Eine Sprache kann also sterben? Als das Mädchen sich wieder gefasst hatte, nahm es sich vor, später allen Menschen Persisch beizubringen, so würden es alle Menschen eines Tages wieder sprechen, doch angesichts dieser gewaltigen Aufgabe verließ es sogleich der Mut. Wie soll es diese Sprache Millionen von Menschen beibringen, wenn es selbst sie kaum schreiben und lesen kann? Es wandte sich an seine Eltern, vielleicht wussten die ja eine Lösung.

»Warum spricht niemand Persisch?«

»Weil wir in Frankreich sind. In Frankreich wird Französisch gesprochen.«

»Und wo waren wir vorher?«

»Wir waren im Iran. Im Iran wird Persisch gesprochen. Aber wozu diese ganze Fragerei? Das weißt du doch alles. Du lernst jetzt eine neue Sprache, Französisch.«

»Und Persisch ist jetzt tot?«

»Aber nein, es ist nicht tot, wir sprechen es, das merkst du doch.«

»Nur wir? Das ist nicht gerade viel. Wenn wir sterben, stirbt dann das Persisch auch?«

»Im Iran sprechen 75 Millionen Menschen Persisch, und sämtliche Sprecher in der Welt zusammengerechnet ergeben ungefähr 100 Millionen. Also keine Sorge, so bald stirbt deine Sprache nicht aus.«
»Warum sind wir in ein Land gekommen, wo sie keiner spricht?«
»Das haben wir dir doch alles schon erklärt: In Frankreich sind wir frei, hier herrscht Demokratie, wir haben uns für dieses Land entschieden, weil es für uns das Recht auf freie Meinungsäußerung verkörpert. Eines Tages verstehst du das.«
Und so verstummte das Persische im Kopf des kleinen Mädchens. Klammheimlich machte sich die Sprache davon. Ihr letzter Lebensraum ist die Mansarde. Doch hierher wird das Mädchen nie im Leben eine Klassenkameradin einladen, aus Angst, jemand könnte seine Armut sehen.
Und so verstummte das Persische. Das kleine Mädchen begreift, dass es nichts bringt, wenn es diese Sprache hier spricht. Niemand wird ihm antworten.
Da geschah etwas Merkwürdiges: Das Mädchen verschluckte seine Sprache. Es schloss die Augen und würgte seine Muttersprache hinunter, bis sie im Bauch des Mädchens verschwand, tief in ihm drin und gut geschützt, wie im hintersten Winkel einer Höhle.

DER KAMPF DER SPRACHEN

»Der Sieg ist längst mein. Ich bin die Sprache der Aufklärung und die von Molière.«

»Ich bin die Sprache deiner ersten Lebensjahre.«

»Hör nicht auf sie. Sie ist die Sprache der Vergangenheit, die nicht mehr existiert.«

»Erinnere dich an deinen Mutterboden.«

»Erlerne mich, vergiss den Rest.«

»Persisch ist der Bogen, der deinen Körper zum Schwingen bringt.«

»Es ist die Sprache des Exils, des Abschiedsschmerzes und des Traumas.«

»Mag sein, ich bin eine hinkende Alte, vom Leben verstoßen, und das Geräusch meines Gehstocks und das meines Hinkebeins ist unerträglich, doch es wird dich dein Leben lang verfolgen, wenn du mich nicht bei der Hand nimmst.«

»Vergiss die stotternde, verrückte Oma, soll sie ihr Kauderwelsch stammeln. Ich biete dir eine Welt der Integration, der Anerkennung und des Erfolgs.«

»Ich biete dir Versöhnung und inneren Frieden.«

»Das ist verkehrt! Sie wird dich nur am Weiterkommen hindern.«

»Ich bin die Brücke zwischen deinen beiden Heimatländern.«

»Sie riecht nach Tod.«
»Vergisst du mich, wirst du dich vergessen.«
»Quatsch! Dein Heil liegt im Französischen.«
»Du malst doch gern, oder? Fahre mit der Spitze deines Bleistiftes durch die Buchstaben meines Alphabets: das ist wie malen.«
»Du liest doch gern, oder? Hör auf mit dem kindischen Mustergeschreibsel und folge mir, ich werde dich sicher über meine literarischen Gewässer leiten.«
»Na gut, ich schweige, doch ich werde dich in aller Stille verfolgen.«
»Stell dich auf die Seite der Sieger. Lass die Gespenstergeschichten hinter dir.«
»Ich bin nicht die Sprache deiner Mutter, ich bin deine Mutter in der Sprache.«
»Hör sich das einer an: der reinste Schwachsinn. Ich hab's ja gesagt, alles nur Kauderwelsch.«
»Eines Tages kommst du zu mir zurück, zu meiner geschwungenen Schrift, zu meinem sanften, klagenden Klang und meiner Poesie.«
»Für wen hält die sich? Du wirst nirgendwohin zurückkehren. Du gehst deinen Weg, und zwar immer geradeaus.«
»Eines Tages kehrst du zurück, ich weiß es. Vorläufig überlasse ich dich deinem glühenden Willen, mit dem du das Französische zu erobern gedenkst.«

Da hüllt das Französisch die Kleine in seinen Königsmantel, unter dem es nach Lilien und Elite riecht. Gemeinsam schreiten sie auf ein großes Gebäude der Freiheit, Gleich-

heit und Brüderlichkeit zu. Über ihrem Kopf tanzt beschriebenes Papier: Schulzeugnisse voller lobender Beurteilungen, Auszeichnungen und öffentlich vorgetragene Gedichte wirbeln munter um sie herum und begleiten sie auf ihrem Gang.
Das Persische hockt abseits auf einer Bank und schaut ihnen hinterher. In Einsamkeit versunken, schiebt die nachdenkliche Alte mit dem Ende ihres Stockes ein wenig Laub und Abfall zur Seite sowie sämtliche alten Träume aus der Vergangenheit.

ICH LERNE KEIN PERSISCH

»Nein, nein, und nochmals nein.«

»Du sollst aber, du musst Persisch lernen. Ich bitte dich nur um ein Stündchen, das ist doch nicht viel. Hol dein Buch und dein Heft. Mach schon. Deinem Vater zuliebe.«

»Ich will aber nicht. Ich bin in Frankreich, ich spreche Französisch. Es ist vollkommen sinnlos, Persisch zu sprechen.«

»Es ist aber unsere Sprache, verstehst du, das sind deine Wurzeln.«

»Ich bin kein Baum, ich hab keine Wurzeln. Es ist eure Sprache, meine nicht mehr.«

Mein Vater seufzt, und meine Mutter sagt ihm, er solle mich in Ruhe lassen.

Ich wende mich wieder meinen Puppen zu, die ich sorgfältig in einem Halbkreis vor mir aufbaue, um ihnen eine Unterrichtsstunde zu geben, wie meine Lehrerin in der Schule. Zugegeben, mein Französisch ist noch dürftig, aber ich habe die feste Absicht, es zu verbessern.

Schlagt eure Hefte auf. Diktat.

Ich sehe, ja *spüre* die Enttäuschung bei meinem Vater. Er sagt nichts mehr. Er steht auf, räumt das Heft und das

Lehrbuch »Farsi für Anfänger« in eine Schublade und zündet sich eine Zigarette an.
Du hast dir solche Mühe gegeben, zwischen deinem Heimatland und deiner Tochter eine Verbindung aufrechtzuerhalten. Ein Seil, das vom Exil ganz aufgerieben war, das nur noch an einem Faden hing. Und dieser Faden war die Sprache. Diese Sprache jedoch mochte ich nicht mehr, denn sie machte mich unglücklich. Es war dir klar, dass du mich nicht zwingen konntest, sie zu lernen. Man kann niemanden zwingen, etwas zu lernen, das klappt nicht. Ganz allmählich wurde dir bewusst, dass das neue Land deine Tochter verändern würde, du hattest Angst, dass eine Fremde aus ihr würde oder vielmehr *du* irgendwann für sie ein Fremder wärst, dass nichts Iranisches mehr an ihr wäre und sie dich nicht mehr achten würde, weil du wie ein Idiot wirktest, sobald du versucht hast, Französisch zu sprechen – die ganzen Syntaxfehler und dann die falsche Aussprache.

»Na schön, wenn das so ist, wird in diesem Hause niemand Französisch sprechen. Unter meinem Dach wird ausschließlich Persisch gesprochen.«
»Und was, wenn deine Tochter sich in den Kopf gesetzt hat, nur Französisch mit dir zu reden?«
»Dann antworte ich nicht. Und ich befehle dir, dasselbe zu tun.«
»Mit Gewalt wirst du diesen Konflikt wohl kaum lösen. Am Ende hasst sie Persisch noch. Mehr erreichst du damit nicht.«

»Ich akzeptiere nicht, dass sie ihre Muttersprache vergisst. Es ist die Sprache ihrer Herkunft, ihrer Eltern, all ihrer Vorfahren.«
»Aber wir sind in Frankreich. Das hast du uns am Anfang doch selbst immerfort gepredigt. Wir sind in Frankreich, also esst gefälligst Croissants. Wir sind in Frankreich, also lernt gefälligst Französisch. Wir sind in Frankreich, also trinken wir Wein. Wir sind in Frankreich, also muss man Stinkekäse mögen. Wir sind in Frankreich, also benehmt euch gefälligst wie Franzosen. Bitte, du solltest froh sein. Inzwischen ist sie dermaßen gut integriert, dass sie es ablehnt, deine Sprache zu lernen und zu sprechen.«
»Das wollte ich aber nicht. Sie soll ihren Weg mit zwei Kulturen machen und beide Sprachen behalten, denn ob sie will oder nicht, sie wird immer eine Mischung aus beiden sein.«

Anfangs widersetzte ich mich. Ich redete nur auf Französisch mit dir. Du hast nie geantwortet. Ich wiederholte den Satz. Schweigen. Und wenn ich noch so stur blieb, du hast mir eine Antwort verweigert. Wir errichteten beide eine Mauer zwischen uns, jeder mit seinem eigenen Haufen Steine. Deine Steine waren »das Persische« und »die Wurzeln«. Meine »Französisch« und »Integration«. Wie lange würde es so gehen, mit deinem Schweigen und meinem Widerstand, und wie hoch wäre die Mauer irgendwann?
Nach ein paar Wochen gab ich auf. Ich wollte dir nicht länger wehtun, ich nahm es mir krumm. Schließlich hatte

ich mich schon geweigert, Persisch lesen und schreiben zu lernen, vielleicht konnte ich es ja wenigstens zu Hause sprechen. Zu guter Letzt akzeptierte ich das Prinzip: Persisch zu Hause, Französisch draußen. Von nun an gab es *unsere* Sprache und *ihre* Sprache, *wir* und *sie*. Fortan wechselte ich beständig zwischen den Welten und Sprachen, tauschte die Rollen und jonglierte mehr schlecht als recht mit den beiden Identitäten.

FRANZÖSISCHFEHLER

Meine gesamte Kindheit und Jugend hindurch betete ich, dass meine Eltern in Gegenwart meiner Freunde schwiegen. Am liebsten hätte ich sie mit den Worten vorgestellt: »Das sind meine Eltern, leider sind sie stumm.«

Ich habe eine Freundin aus dem Gymnasium zu uns zum Essen eingeladen, und meine Mutter hat den Tisch hübsch gedeckt. Die iranische Gastfreundschaft, wie es sich gehört.
Ich stelle sie einander vor.
Meine Mutter sagt mit breitem Lächeln:
»Das ist schön!«
Meine Freundin begreift nicht. Schon ist es passiert, der Französischfehler ist draußen, Scham überkommt mich, ich muss das berichtigen, will es vor meiner Freundin natürlich nicht und fühle mich doch verpflichtet, es zu tun.
»Meine Mutter meint, *du* bist schön.«
Meine Freundin bedankt sich bei meiner Mutter. Auch ihr ist es peinlich.
Meine Mutter wiederholt den korrekten Satz und wird rot. Ich spüre, wie ihr Körper sich wie bei einer Verbeugung leicht nach vorn neigt, als wolle sie sich entschuldigen, dafür, dass sie sich geirrt, dass sie gegen die fran-

zösische Norm verstoßen hat. Am liebsten würde ich davonlaufen.
Noch heute verspüre ich leichte Panik, sobald sie Französisch sprechen.
Die kindliche Scham von damals hat mich nie ganz verlassen.

»Maryam, komm mal kurz her, ich brauch dich für einen Brief.«
»Nein, ich will keine Briefe mehr auf Französisch für euch schreiben! Schreibt gefälligst selbst!«
»Du weißt genau, dass wir nicht richtig Französisch können, wir würden bloß wieder Rechtschreibfehler machen. Nun sperr dich nicht so, sei lieb und komm her.«
Die gesamte Behördenpost muss ich erledigen: Ich schreibe Briefe an das Amt für den Schutz von Flüchtlingen und Staatenlosen, an die Krankenkasse, die Kfz-Versicherung, die Familienbeihilfekasse, das Arbeitsamt, die Bank, die Post, an den Stromversorger und den Wohnungseigentümer. Am schlimmsten sind für mich die Briefe, in denen ich um Geld betteln muss. Mir graut vor: der Bußgeldstelle, wo man weinen muss, um den Strafzettel nicht bezahlen zu müssen, Beschwerdebriefen, in denen man weinen muss, weil man das Opfer irgendeiner Ungerechtigkeit geworden ist, und der Sozialhilfebehörde, wo man weinen muss, weil wir »Die Elenden« sind.
»Maryam, nun mach schon, ich brauche dich!«
Halbherzig komme ich an den Küchentisch geschlurft, auf

dem ein weißes Blatt Papier, ein Behördenbrief und ein Füller bereitliegen.
Meine Mutter bittet mich, ein Schreiben an den Großen Manitou der Rundfunkgebühr zu verfassen. Mein Brief soll pathetisch genug sein, um ihm zwei oder drei Tränen zu entlocken, damit uns die Gebühren erspart bleiben. Oh Not!
Ich hasse es, mir die herzerweichenden Formulierungen aus den Fingern zu saugen. Manchmal müssen wir lachen, so sehr scheint der Brief geradewegs der Feder von Cosette, der kleinen armen Waise bei Victor Hugo, zu entstammen.

»Sehr geehrte Damen und Herren, wir führen das beschwerliche, armselige Leben politischer Flüchtlinge, und meinem einzigen Kind bleibt nur eine Freizeitbeschäftigung: fernsehen …«

DAS EINZIGE EXEMPLAR

2012 – Iran – Irgendwo auf der Straße zwischen Teheran und Mashad

Ich sitze im Auto meines Onkels, wir sind Richtung Wüste unterwegs.

»Dai[4] Saman, warum hast du eigentlich Französisch gelernt?«

»Ich erzähl dir, wie ich auf Französisch gekommen bin. Noch so eine Geschichte, die dir gefallen wird. Es war kurz vor meinem neunzehnten Geburtstag, ein paar Monate bevor ich ins Gefängnis kam. Ich war bei Freunden, es wurde viel geraucht und über Politik geredet, wie immer zu dieser Zeit, plötzlich erklangen über unserem Stimmengewirr ein paar Klaviertöne. Lauschend reckte ich mich zur Musik hoch, presste mein Ohr an den alten Kassettenrekorder und hörte das ganze Stück, ohne ein einziges Wort zu verstehen. Ich ahnte, dass es sich um etwas sehr Poetisches und zugleich Wehmütiges handeln musste. Fasziniert erkundigte ich mich, was das sei. Irgendwer sagte, es würde aus Frankreich kommen, und dass der Sänger Brel hieße. Diese Wörter, die französischen Wörter, die Töne, das

4 Onkel

›r‹, das ich so noch nie gehört hatte, und der Klang des ›e‹ wie in ›bonheur‹ oder ›cœur‹ – woher kam das alles? Ich bekam Lust, den verborgenen Sinn zu entschlüsseln, ich wollte diese Sprache lernen und alles verstehen.

Wie es weiterging, weißt du ja, ich wurde verhaftet und ins Gefängnis gesteckt.

Und dort habe ich dann Französisch gelernt, was gar nicht so einfach war, denn es gab nur ein einziges Lehrbuch, den *Mauger*, ein Standardwerk. Nur ein einziges Exemplar für uns alle. Wir haben einen Trick angewandt, um es zu ›vervielfältigen‹. Das Lehrbuch machte die Runde. Wenn das Buch in die Hände eines Häftlings gelangte, musste er ein paar Seiten abschreiben. Ein Zettel im Buch informierte ihn darüber, welche Seiten zuvor bereits abgeschrieben worden waren. Das war der Pakt zwischen allen Französischlernenden. So vervielfältigten wir es auf unsere Art. Im Laufe der Jahre entstanden im Evin-Gefängnis mehrere Abschriften dieses Lehrbuchs, die unter der Hand kursierten.

Auf diese Weise habe ich Französisch gelernt. Mit knapp neunzehn und unendlich vielen Träumen im Kopf wollte ich eines Abends den Text von Brels *Ne me quitte pas* verstehen, später habe ich noch mehr Chansons entdeckt, auch Bücher, ich war wie berauscht von französischer Literatur, und ich habe mich in sie verliebt.«

Er bat mich, eine CD einzulegen und laut aufzudrehen. Schon bei den ersten Klängen erkannte ich es. Mein Onkel beginnt mitzusingen, und ich stimme ein, wir kennen ihn auswendig, den Text. Wir singen aus voller Kehle, lachend und mit übertriebenen Gesten, als wären wir Tragödienschauspieler.

Ne me quitte pas
Il faut oublier
Tout peut s'oublier
Qui s'enfuit déjà
Oublier le temps
Des malentendus
Et le temps perdu …

DAS TELEFON KLINGELT

Meine Großmutter ist dran, die nunmehr nur noch als Stimme existiert. Das mag ich gar nicht. Ich will nicht mit ihr sprechen, weil es mir wehtut, wenn ich ihre zarte, dünne, traurige Stimme hören muss. Bei allem, was mit dem Iran zu tun hat, dreht sich mir der Magen um. Meine Eltern halten mir den Hörer hin, ich bin gezwungen, ein paar Worte zu sagen. Immer dieselben.

»Wie geht's dir? Was machst du dort? Magst du deine Schule? Hast du schon Freunde gefunden? Erzähl mal ein bisschen. Wie heißen sie? Du lernst doch hoffentlich Persisch?«

»Ja, Omi, mir geht's gut, ja, ich hab ein paar Freunde, ja, ich lerne Persisch, ja, khubam, khubam, khubam[5].«

Ich mag es nicht, wenn sich der Iran in mein Leben hier drängt. Ich empfinde es als dreist. Es hat etwas Obszönes, als bekomme ich etwas gezeigt, was nicht mehr gezeigt gehört. Direkt vor meinen Augen wird eine Decke mit zurückgelassenen Spielsachen ausgebreitet, mit Gefängnisgittern, verbotenen Büchern, sündhaftem Frauenhaar, trügerischen Schleiern – alles unverständlich. Man drückt

5 »Es geht mir gut, es geht mir gut, es geht mir gut.«

mich mitten hinein, und ich soll es mögen. Schlagartig und ohne Vorwarnung erweckt das Klingeln des Telefons die dort begrabenen Erinnerungen wieder zum Leben, muss ich die Stimme einer Frau hören, die mich einst beschützt hat, die ich aber nicht mehr anfassen kann, und soll ich die Sprache sprechen, die ich zum Schweigen bringen will, weil ein Gefühl von Trauer und Trennung zu ihr gehört. Dazu das anhaltende Beharren, ich möge sie lernen. Wozu?

Es war selbstverständlich, dass man seine Muttersprache sprechen und eine Verbindung zu seiner Herkunft, den vielbeschworenen Wurzeln aufrechterhalten sollte, so ist das nun mal, frag nicht so viel, öffne dein Heft und schreib die Buchstaben des Alphabets: aleph, be, pe, te, se, djim, tché … baba ab dad, maman nan dad.[6]

Das kleine Mädchen betrachtet die Kladde, in die es das persische Alphabet gezeichnet hat. Jeweils eine Zeile für einen Buchstaben. Zeilen, die mit zweiunddreißig sorgfältig gezeichneten Buchstaben gefüllt sind. Es nimmt eine Schere und schneidet zuerst die Zeilen aus, danach jeden einzelnen Buchstaben. Einer nach dem anderen lösen sich die Buchstaben von den Zeilen ab und segeln kurz durch die Luft, bevor sie sanft zu Boden trudeln. Ein ganzer Haufen kommt so zustande. Das Mädchen hebt den Teppich

6 »Papa gibt das Wasser, Mama gibt das Brot.« Typisches Satzbeispiel in einem Persischlehrbuch für Anfänger.

im Kinderzimmer an, danach die Auslegware und gräbt den Boden auf, mit seinen kleinen Fingern macht es ein Loch in die Erde, in dem es den Buchstabenhaufen vergräbt. Es füllt Erde auf, schiebt die Auslegware und den Teppich wieder darüber und verharrt einen Augenblick lang auf Knien, die Augen geschlossen, in stillem Gedenken an sein Persisch.

WAS HEISST ES, FRANZÖSIN ZU SEIN?

Im 3. Pariser Arrondissement – In einem Café in der Rue Rambuteau

Ich trinke mit einer Freundin ein Bier. Ein Mann um die fünfzig sitzt an der Bar. Er kommt zu uns herüber, offenbar hat er Lust auf einen Plausch.
»Was arbeitet ihr?«
»Wir sind Lehrerinnen für Französisch.«
Er sieht mich an und sagt:
»Und ich dachte immer, dass man Franzose sein muss, um Französisch zu unterrichten.«
»Ich bin Französin.«
Er lacht schallend los.
Ich hätte ihm liebend gern eine reingehauen, ihn beschimpft oder ihm das Maul mit meinem Ausweis gestopft, doch ich habe nichts getan und nichts gesagt. Mit gesenktem Kopf trank ich mein Bier aus.

An der Sorbonne – Gespräche mit Studenten

»Warum stellst du dich jedes Mal nur als Iranerin vor? Wenn du jemanden triffst, sagst du fast immer, du bist Iranerin, aber gleichzeitig auch Französin. Warum sagst du nie, dass du Französin bist? Ist doch seltsam, findest du nicht?«

»Du bist Iranerin. Schluss, aus. Ich bin genau wie du in Frankreich aufgewachsen, trotzdem halte ich mich nicht für einen Franzosen. Ich bin Türke. Ist doch klar. Ich verstehe nicht, wieso du behauptest, du wärst Französin. Du leugnest deine persischen Wurzeln. Du bist wie diese jungen Türken, die englisch reden, zu Starbucks gehen und die Westler in allem nachäffen.«

»Maryam, ich möchte dir einen befreundeten Musiker vorstellen. Er heißt Paul, er ist richtiger Franzose, also nicht so wie du, du bist ja keine echte Französin.«

»Ich habe einen französischen Vater und eine algerische Mutter, weißt du, trotzdem posaune ich nicht überall herum, dass ich Algerierin bin. Ich betone das Exotische an mir nicht ständig so wie du.«

»Ich finde es total spannend, in zwei Kulturen beheimatet zu sein. Was für ein Segen! Ich wäre auch gern mit zwei Kulturen groß geworden, dann wäre ich viel aufgeschlossener. Manchmal hab ich richtiggehend Komplexe, weil ich bloß Französin bin.«
»Was meinst du denn mit ›Segen‹?«
»Na ja, da wurde ja schon eine Menge drüber geschrieben, das kannst du ja nicht leugnen, dass es was für sich hat, in zwei Kulturen beheimatet zu sein.«

»Dass ich nicht lache. Niemand würde gern mit einem Flüchtling oder Emigranten tauschen, der sein Land verlassen musste.«
»Aber das meine ich ja auch gar nicht. Ich meine bloß diese super Aufgeschlossenheit, allein dadurch, dass man zum Beispiel zweisprachig ist. Das ist so toll!«
»Weißt du eigentlich, was es bedeutet, nirgendwo zu Hause zu sein? In Frankreich heißt es, ich sei Iranerin. Im Iran heißt es, ich sei Französin. Kannst sie meinetwegen haben, meine zwei Kulturen, ich schenk sie dir. Leb eine Weile damit und dann sag mir, ob es wirklich so ein ›Segen‹ ist.«

Schäumend vor Wut komme ich aus der Uni, am liebsten würde ich laut schreien und irgendwas kaputt schlagen. Auf der Rue Victor-Cousin komme ich an der Montaigne-Statue vorbei und streiche kurz über seine Schuhspitze, die an der Stelle golden glänzt. Vor dem kleinen Parkareal bleibe ich stehen, weil ich Großmutter Massoumeh auf einer Bank sitzen sehe. Wie angewurzelt stehe ich da. Sie schaut zu mir herüber und bittet mich, Platz zu nehmen. Dann sitze ich neben ihr. Sie nimmt meine Hand und drückt einen Kuss darauf.
Meine Wut verfliegt und macht einer ungeheuren Müdigkeit Platz.
»Maryam, du musst dich damit abfinden, dass du in zwei Kulturen lebst. Mach deinen Frieden mit dir.«
»Ich befinde mich ja gar nicht im Kriegszustand, ich bin nur wütend auf diese Heuchler, die angesichts einer Wun-

de in Verzückung geraten. Mit herablassender Höflichkeit und einem liebenswürdigen Lächeln im Gesicht legen sie den Finger in meine Wunde. Dabei haben sie keine Ahnung. Sie sind allesamt Rassisten.«

»Mit Hass und Zorn lässt sich gar nichts bekämpfen, Maryam.«

»Ich beneide sie um ihre Identität. Sie wirken so selbstbewusst. Ich könnte nie mit so viel Selbstsicherheit durch die Pariser Straßen gehen. Ich schwanke die ganze Zeit, von einem Ufer zum anderen.«

»Öffne deine Faust. Sieh mich an: öffne die Faust. Und vergiss niemals, was ich dir jetzt sage: Zerstör nicht, was du kaum in der Hand hältst.«

»Wie? Ich verstehe nicht.«

»Du verstehst sehr gut, meine liebe Enkelin. Öffne die Faust und zerstör nicht, was du kaum in der Hand hältst.«

Ich betrachte ihre runzlige Hand mit den hervortretenden Adern, ihre schönen, noch immer perfekt gepflegten Fingernägel. Langsam öffnen sich ihre Finger vor meinen Augen, und die zusammengeballte Faust geht auf, wie eine Blüte öffnet sie sich. Sie reicht mir die Hand.

Ich lege meine in ihre, und sie drückt sie fest.

Ich sitze allein auf der Bank. Großmutter Massoumeh ist verschwunden. Ein paar Tauben kommen auf der Suche nach Krumen angestakst, ich verscheuche sie mit meinem Fuß. Die Faust öffnen. Nicht zerstören, was ich kaum in der Hand halte. Ich muss wieder an den Film der Brüder Taviani denken, wo der Geist der Mutter im Haus der Kindheit erscheint, ihrem Sohn die geschlossene Faust zeigt

und zu ihm sagt, dass man so nicht leben darf, man kann nicht mit geballter Faust leben. Warum nur habe ich fortwährend das Bedürfnis, mich zu verteidigen?
Ich betrachte meine Faust, ich öffne und schließe sie.
»Zerstör nicht, was du kaum in der Hand hältst.«
Die junge Frau auf der Bank sieht wieder die strahlenden Augen von Abbâs vor sich, die Plastiksandale auf dem Wohnzimmertisch, den Stein, in den ihr Name geritzt ist, das gezwungene Lächeln ihres Onkels hinter der Scheibe im Gefängnis, sie hört die Stimme von Nouchâbé, sieht ihre Eltern im Garten hocken, wie sie ihre Bücher vergraben, und das wütende Gesicht ihrer Großmutter, ihre Nervenzusammenbrüche, als sie ihre Spielsachen verschenken muss, die Angst in den Augen ihrer Eltern, die nägelgespickten Knüppel, den Pass in der Hand des Polizisten, die schwangere Mutter, die hinunterspringt, den Vater, der in einer Flughafenhalle in Orly steht ... in einer Endlosschleife ziehen die Bilder an ihr vorüber, die Bilder und ein Wort, das beständig wiederkehrt, ihr eigenes unerklärliches Wort, das wie eine Maske auf ihrer Haut sitzt, jenes Wort, das alle anderen einschließt und beherrscht: Exilantin.

KINDHEITSERINNERUNG

Ich sehe wieder.

Wie die runzligen, von Arthrose steif gewordenen Finger meiner achtundneunzigjährigen Uroma in der Pofak[7]-Tüte fingern, die ich ihr als Vierjährige hinhalte.

Die vielen roten Fische, die ich zusammen mit meinen Cousins und Cousinen in dem kleinen hoz[8] im Garten meiner Großmutter einem unbekannten Gott opferte, und die wir anschließend feierlich begruben nach einem von uns erdachten Beerdigungsritual, auf das wir ungeheuer stolz waren.

Die Süßigkeiten, die mein Uropa mir heimlich zusteckte, und die Lieder, die er mir vorsang, während er mich auf seinen Knien auf und ab hüpfen ließ, sein kratziger, spärlicher Stoppelbart, über den ich vorsichtig strich, als handle es sich um einen schlaftrunkenen Igel, den man nicht aufwecken durfte. Manchmal blies er die Wange auf, und wenn ich sie dann berührte, ließ er die Luft mit lautem Ge-

7 Eine Art Chips
8 Kleiner Springbrunnen in der Mitte des Gartens

räusch raus, sodass ich jedes Mal kreischend zusammenfuhr.

Das eisgekühlte Kirschsirupgetränk, das meine Großmutter kurz vor der Siesta ins große Wohnzimmer mit den zugezogenen Vorhängen brachte. Das Klackern der Eiswürfel im Glas, wenn man den am Boden festsitzenden Sirup mit einem langen silbernen Löffel hochrührte.

Die brütend heißen Sommer in Teheran, den Asphalt, der mir die Fußsohlen versengte, als ich im Alter von zwei Jahren in der prallen Nachmittagssonne im Garten herumgetapst war. Meine salzigen Kullertränen, die Spuren auf meinen Wangen hinterließen, untröstlich.

Die Kühle im Norden Irans, wo wir die Sommerfrische in einer Villa verbrachten, die dicken rosa und blauen Hortensien im Garten, die mir meine Mutter ins Haar steckte. Aus Angst, sie könnten runterfallen, gab ich auf jede kleine Regung acht und bewegte mich übertrieben langsam, was meine Eltern jedes Mal zum Lachen brachte.

Das Kaspische Meer, ölig und verschmutzt, von dem wir eine leimige, glänzende Fischhaut bekamen. Wie meine Mutter fluchte, dass wir in dieser Brühe baden gingen, während sie mich unter der heißen Dusche abschrubbte.

Unsere Straße, die nachmittags im August wie ausgestorben war, und wo Wind und Staub ihren tagtäglichen Walzer tanzten, immer um sich selbst herumwirbelnd. Die Langeweile, die Mattigkeit in jenen brütend heißen Stunden, in denen es nichts zu tun gab, außerhalb jeder Zeit.

Die überreifen Kaki-Früchte, die ich im Garten meiner Tante pflückte, und die ich drückte, bis ihr klebriges Fleisch aufplatzte. Ich mochte auch den herben Geschmack, den manche unreife auf meiner Zunge zurückließen.

Den Schnee, der den ganzen Winter lang in den Bergen des Elburs fiel, dann wurde unser Garten jedes Mal weiß, und ich hatte meinen Spaß, überall meine Abdrücke zu hinterlassen. Jeden noch so kleinen Fleck markierte ich mit meinen Händen und Füßen.

Die Kinder aus dem Viertel, die zum Spielen kamen. Ich, eine tyrannische Königin, und sie meine armen Diener. Manchmal schlug ich sie, zur großen Verzweiflung meiner Eltern, die darin jähe Ausbrüche imperialistischen Verhaltens sahen, das sie mir offenbar immer noch nicht ausgetrieben hatten.

Das Herbstlaub, das ich in der Straße meiner Großmutter für sie aufsammelte und das nach Schimmel, Nässe und feuchter Erde roch. Ich warf ihr die Blätter wie ein Geschenk vor die Füße, wie ein Auftakt zum Tod, der uns erwartete. Und ich fand immer, dass ihr Haar dieselbe Farbe hatte wie das Laub.

Der erste Milchzahn, der, bevor er von selbst herausfiel, herausgerissen wurde – mit einem an der Türklinke befestigten Faden. Mein ältester Onkel (derselbe, der meiner Mutter eine Ohrfeige verpasst hatte, als sie auf die Demo gehen wollte) hatte kräftig die Klinke gedrückt, und unter unglaublichen Schmerzen wurde er herausgerissen, der Zahn, den er mir sogleich mit zufriedenem Lächeln gezeigt hatte: Er baumelte direkt vor meinen Augen am Faden. Ich hatte stundenlang Tränen vergossen, in den Arm meiner Großmutter geschmiegt, und noch Tage später lief ich vor meinem teuflischen Onkel davon, sobald ich seine Stimme oder seine Schritte im Haus hörte.

Das Küken, dem ich in einem Dorf im Norden Irans hinterhergelaufen war. Auf seiner Flucht vor meinen übergriffigen Klauen war es über noch heiße Glut gelaufen und hatte sich die Krallen verbrannt. Das nahm ich mir selbst dermaßen krumm, dass ich mich, um Buße zu tun, den ganzen Tag lang in ein dunkles Zimmer einschloss und mich weigerte zu essen.

Den nur einen Steinwurf vom Haus meiner Großmutter entfernten Laleh-Park, in den mich der jüngste Bruder meiner Mutter, damals gerade siebzehn Jahre alt, mehrmals in der Woche mitnahm. Er rauchte Kette, und seine Augen waren stets ein wenig feucht, feucht von übermäßiger Ergriffenheit angesichts des Lebens. Er küsste mich viel und trug mich auf seinen Schultern. Er kaufte mir alles, was ich wollte. Wenn ich satt und zufrieden von dort zurückkam, klebten meine Finger jedes Mal von all dem Zuckerzeug und dem Eis, und mein Mund war beschmiert vom Farbstoff der Lutscher, in Rot oder Grün.

Die abendlichen Autofahrten mit meinem Onkel Saman durch die Straßen von Teheran. Die blinkenden Leuchtreklamen, das Nachtleben, das hinter der Autoscheibe tobte, untermalt von der Musik der Rolling Stones, die mein Onkel damals rauf und runter hörte. Er redete ohne Unterlass, alles, was er sah, kommentierte er. Das war meine ganz persönliche Kinovorführung. Während ich eingekuschelt auf dem Schoß meiner Mutter saß, zogen draußen die Bilder vorbei, kommentiert von der Stimme meines Onkels, die wie in einem Dokumentarfilm aus dem Off zu mir nach hinten drang.

Das leise Klappern des Rosenkranzes meiner Großmutter väterlicherseits. Wir nannten sie Maman Djân[9]. Sie war eine überaus fromme Frau, und wenn sie ihren Rosenkranz betete, tat sie es ganz sanft, fast wie eine Verliebte. Das Gemurmel ihrer geheimnisvollen, an Gott gerichteten Worte, ihr heiteres, friedliches Gesicht, die geschlossenen Augen, die senkrechte Denkerfalte zwischen den Brauen, der geblümte Schleier, der ihr langes weißes Haar bedeckte. Ich betrachtete sie von der Tür aus und wagte nicht, einzutreten, fast hielt ich den Atem an, um sie nicht aufzustören.

9 Liebling

Der schlanke Körper meiner älteren Cousine, die in unserem Wohnzimmer zu iranischem Pop ihre Hüften schwang, ihre dicke Mähne, die auf und ab hüpfte dabei, und ihr verheißungsvolles Lächeln, ihre aufreizende Schönheit, die sie mir für die Dauer eines Tanzes darbot.

Wie wir als Kinder bis spät in die Nacht im Garten spielten, mit meinen Cousins und Cousinen oder den Mädchen und Jungs aus der Nachbarschaft, und das trotz der Gefahr durch Bomben und dem beständigen Sirenengeheul. Das Leben ging weiter, immer, egal, was passierte. Wir zeigten uns gegenseitig die Bombenflugzeuge am Himmel, die hinter der Grenze zum Irak verschwinden würden.

Meinen Großvater, der die ärgerliche Angewohnheit hatte, sich an jeder erdenklichen Stelle im Haus schlafen zu legen und auf diese Weise ein unüberwindliches Hindernis bildete. Mitten im Wohnzimmer, während doch jeden Moment die Gäste eintreffen konnten! Manchmal auch mitten im Flur oder vor der Eingangstür: Dann musste man über das Gebirge klettern. Am schlimmsten aber war es, wenn er es auf den Garten abgesehen hatte, davon kriegten wir jedes Mal eine Stinkwut, denn das Gartenareal war uns heilig, es war unser Spielplatz, und der massige Körper meines Großvaters hinderte uns am Herumflitzen, sein schlafender Körper brachte jeglichen Anflug von Phantasie zum Erliegen.

Wie es in der Küche nach Halva roch, die für die Toten zubereitet wurde. An Karfreitag nahmen wir sie zum Grab meiner Urgroßmutter mit und aßen sie dort. Die kochend heißen Bissen, die meine Cousins und ich heimlich mit den Fingern direkt aus der Pfanne klaubten, und das schallende Gelächter jedes Mal, wenn sich einer von uns verbrannte.

Meinen kleinen Cousin Omid, den ich mit Vorliebe an mich drückte, und der es hasste, wenn man ihn hochnahm und mit ihm kuschelte. Ein paar Minuten ließ er es über sich ergehen, vermutlich mir zuliebe, dann fing er an zu weinen, ich aber hielt tapfer durch, bis er so heftig schrie, als hätte er einen Anfall, und ich ihn runterließ.

Sahar, ein Mädchen aus der Nachbarschaft, das sehr arm war und zum Spielen oft zu uns kam. Ehrfurchtsvoll strich sie über meine Spielsachen, als wären es seltene Schätze. Voller Stolz auf meine Güter und glücklich über das, was ich besaß, borgte ich ihr das eine oder andere. Nichtsahnend, dass ich selbst bald nichts mehr davon besitzen würde.

Meine Geburtstage, die aus mir jedes Mal eine echte Prinzessin machten. Die Kerzen, die ich auspustete, die verflossenen Jahre, die ich im Kreise meiner Familie feierte, die Lieder, die mein Vater und sein Bruder sangen, wie sie Laute und Santur spielten, untermalt vom Geschrei der Demonstranten und vom Bombenlärm.

Die Seiten meiner Kinderbücher, die die Finger meiner Großmutter vor meinen hingerissenen und lichtvollen Augen umblätterten, meinen Augen, die sich berauschten am Zauber der Geschichten: Wie schön die aneinandergereihten Wörter waren, und die Welten, die sie in meiner Welt hervorbrachten!

Wie die Finger meiner Mutter kleine, in Fleischsauce getunkte Reishappen formten und mir in den Mund schoben. Ich liebte es, wenn sie mich anstatt mit dem Besteck mit ihren Händen fütterte. Dann leckte ich jedes Mal ihre Finger ab, manchmal bekam ich sogar Lust, auch ihre Hand abzulecken, den Arm und danach ihren ganzen Körper, so sehr liebte ich sie in jenem Augenblick.

Meinen Vater, der, eine Zigarette im Mundwinkel, in seiner Werkstatt hockt und mit Hammer, Schleifpapier oder Schweißgerät irgendein Material bearbeitet, und der, komplett vertieft in sein Werk, nur unbestimmt auf meine Fragen antwortet.

Am Ende unserer Straße in Teheran befand sich eine Grundschule. Im Schulhof wachte eine riesige alte Eiche über die Kinder. Ihre Äste schienen sich wie Arme schützend um sie zu legen, auf dass sie sicher ihren Weg hinaus ins Leben beschritten.

Diese frühen Bruchstücke meines Lebens hatten Stück für Stück meine Sensibilität geformt, sie sind das, was mir heute das Kostbarste ist: meine Kindheit. Eines Tages wurden sie abgetrennt, herausgerissen und ins Loch der Vergangenheit geworfen, in eine unerreichbare Tiefe. Sodass man sich manchmal schon fragen muss, ob all das überhaupt stattgefunden hat.

Ich suche nach einer großen Eiche im Schulhof, die über mich wacht.

DRITTE GEBURT

Das Weiseste ist die Zeit, denn sie findet alles heraus.

Thales

ES WAREN EINMAL

Eine Tochter und ihr Vater in einem leuchtenden Weizenfeld. Der Vater grub den Boden um. Er trug einen Strohhut und einen weißen Bart, den die Sonne vergoldete. Seine Haut war genauso rissig wie der Boden, in dem er mit seinen riesigen, kräftigen Händen wühlte, Hände, über die dicke lila Adern liefen wie Flüsse. Als die Tochter ihn von ferne im Feld erblickte, schien es ihr, als sähe sie einen Baum, der fest in der Erde verankert war, mit seinen Armen, die sich hoben und senkten im Wind. Oft brachte sie Stunden damit zu, die ferne Gestalt zu betrachten, und stellte sich vor, ihr Vater wäre auf ewig zu einem Baum geworden. Sie sah sich an seinem Fuße sitzen und zärtlich über seine Rinde streichen, während sie ihm von den Dingen des Lebens in jener Sprache erzählte, die nur er noch sprach.
Einmal hatte der Vater versucht, ihr Lesen und Schreiben in dieser Sprache beizubringen. Er hatte sie in das Weizenfeld mitgenommen und sie gebeten, brav und aufmerksam zu sein. Seine Worte klingen ihr noch immer im Kopf:
»Meine Tochter, hör gut zu. Eine Sprache zu erlernen erfordert sehr viel Mühe, Geduld und Liebe. Ich werde dir eine Sprache beibringen, die sterben wird, solltest du sie eines Tages vergessen. Du musst dich an sie erinnern und wirst sie später genauso weitergeben, auf diese Weise wird

sie in den Mündern, Köpfen und Herzen der Menschen fortleben.«

Sie begriff nicht, was er sagte. Sie mochte den ernsten Tonfall nicht, und noch weniger die Traurigkeit in seinen Augen. Sie lernte mit Freude schreiben und lesen, dabei wurde ihr klar, dass es alles andere als spaßig war. Sie sollte eine sterbende Sprache vor dem Tod bewahren. All das wog schwer: Jedes erlernte Wort wäre ein zusätzlicher Stein auf ihren Schultern, und sämtliche Steine zusammengenommen würden sie eines Tages unter sich begraben.

Da bekam sie es mit der Angst zu tun, fortan weigerte sie sich zu lernen und verriegelte ihren Mund mit einem großen Eisenschloss.

Der Vater hatte Verständnis für die Angst und die Weigerung seiner Tochter, senkte den Blick und machte sich ohne ein Wort wieder an die Feldarbeit.

Sie erinnert sich und ist voll Reue.

Jetzt versteht sie den Sinn seiner Worte, begreift sie den ernsten Tonfall und die Traurigkeit in seinen Augen. Doch das Bedauern flüstert ihr böse ins Ohr: Es ist zu spät.

Einige Jahre darauf hatte sie in der Schule eine andere, die neue Sprache gelernt. Sie war federleicht und quicklebendig. Es war eine Freude und ein Kinderspiel, sie zu erlernen, außerdem war es notwendig, sie zu sprechen, um Freundschaften schließen zu können, sie war stolz, wie perfekt sie sie beherrschte, sicherte sie ihr doch einen Platz und eine Identität innerhalb ihrer Schule und später in der Gesellschaft. Diese überaus nützliche Sprache fand

sie dermaßen toll, dass sie die andere rasch vergaß, die infolgedessen langsam hinzuscheiden begann.
Einige Jahre darauf gelang es ihr kaum noch, ein paar Worte mit ihrem Vater zu wechseln. Der riss bloß die Augen auf, als er hörte, wie gut sie die neue Sprache sprach. Er verstand kein einziges Wort. Zuerst war er erstaunt, dann bekam er es mit der Angst zu tun und weigerte sich, sie zu erlernen. Genau wie sie verriegelte auch er seinen Mund mit einem großen Eisenschloss.
Die Tochter hatte durchaus Verständnis für die Angst und die Weigerung ihres Vaters und machte sich schweigend daran, neue Wörter zu lernen und neue Buchstaben zu zeichnen.
Sie erinnert sich und ist voll Reue.

Manchmal denkt sie, hätte sie sich mehr Mühe gegeben, die Sprache ihres Vaters zu lernen, hätte er sich vielleicht auch mehr Mühe gegeben, die Sprache ihrer Schule zu lernen. Ja, vielleicht. Doch das Bedauern flüstert ihr böse ins Ohr: Das wirst du nie erfahren, denn jetzt ist es zu spät.
Einige Jahre darauf starb ihr Vater, und im selben Moment verschied auch seine Sprache nach langem Todeskampf.
Die Augen der Tochter blickten nun genauso traurig wie die ihres Vaters an jenem Tag, als er versucht hatte, ihr seine Sprache beizubringen. Wie gern hätte sie sie erlernt, diese Sprache, wie sehr das Bedauern sie nun quält. Da kehrte sie ins Weizenfeld zurück, brav und aufmerksam, wie er es einst von ihr verlangt hatte. Eine Weile schaute sie zu Boden, bis plötzlich ein unbändiger Drang ihre Hän-

de erfasste und ihre Finger fieberhaft den ockerfarbenen Staub des Weizenfeldes aufzugraben begannen. Wie durch ein Wunder entdeckte sie in der Erde verscharrt die Buchstaben des Alphabets, *seines* Alphabets. Wie einen Schatz hatte er sie versteckt für sie. Vorsichtig, nur mit den Fingerspitzen, nahm sie sie hoch, legte sie sich in den Mund und kostete mit geschlossenen Augen vom Geschmack jener Sprache. Sie sammelte sämtliche Buchstaben ein und erinnerte sich wieder an die Wörter, die ihrer beider Wörter gewesen waren.

Sie erinnert sich und sieht ihren Vater im leuchtenden Weizenfeld. Er gräbt den Boden um, und sie stellt sich vor, ihr Vater wäre auf ewig zu einem Baum geworden. Sie sitzt an seinem Fuße und streicht zärtlich über seine Rinde, während sie ihm von den Dingen des Lebens in jener Sprache erzählt, die sie allein noch spricht.

DIE WIEDERGEFUNDENE SPRACHE

2002 – Sorbonne – Bibliothèque Georges-Ascoli et Paul-Hazard

Ich steuere auf einen kleinen Raum im hinteren Teil der Bibliothek zu. Auf Regalen, die bis zur Decke reichen, türmen sich Bücher, Zeitungen und Dokumente. Es handelt sich um das Büro der Dozenten, in dem sie abwechselnd ihre Sprechstunden abhalten. Montags sitzt dort immer M. J. L. B., Professor für Französische und Vergleichende Literaturwissenschaft.

Ich klopfe an. Eine sanfte, leicht heisere Stimme, als hätte man die Stimmbänder zu heftig gerubbelt, bittet mich hinein. Ich habe das Gefühl, eine Höhle des Wissens zu betreten, in der wie auf persischen Miniaturen ein weiser Alter sitzt, mit weißem Bart und freundlichen, tiefgründigen Augen. Er muss um die siebzig sein.

Seine Hände ruhen auf dem Schreibtisch. Lächelnd und ohne ein Wort blickt er mir entgegen. Er wartet. Vermutlich könnte er stundenlang so warten, es würde ihn nicht stören. Jemand wie er hat es nicht eilig. In seiner Gegenwart fühle ich mich sofort wohl.

»Von Ihren Kollegen habe ich fünf Absagen bekommen. Sie wollten meine Abschlussarbeit in Vergleichender Literaturwissenschaft nicht betreuen. Ich würde gern zu Omar Khayyâm und Sadegh Hedayat arbeiten, es ist noch nicht ganz klar, aber ich spüre, dass es interessant wäre, etwas Vergleichendes über sie zu machen. Ich spreche sehr gut Persisch, kann es aber nur schlecht schreiben und lesen. Ich bräuchte also einen Auffrischungskurs. Die Adresse und Telefonnummer von einem Persischlehrer habe ich mir schon besorgt. Sie müssen entschuldigen, das Ganze ist ziemlich gewagt und wird aufwendig. Würden Sie trotzdem mein Betreuer für die Magisterarbeit werden?«

»Selbstverständlich! Ich bin von Ihrem Vorschlag äußerst angetan. Los geht's! Ich bin ein großer Liebhaber der persischen und arabischen Literatur, meine Sprachkenntnisse sind eher begrenzt, aber das ist unwichtig, lassen Sie uns neue Wege gehen. Ich hab genug von Abschlussarbeiten à la ›Die Schmetterlinge im Werk von Balzac‹. Das wird gut, ich spüre, dass ich von Ihnen etwas lernen kann.«

Womit er in ungezwungenes, freimütiges Gelächter ausbrach. Wie ein begeistertes Kind.

Ganz ergriffen verlasse ich das Büro. Sofort rufe ich den Persischlehrer an. Bei dem Gedanken, dass ich mit dem Unterricht weitermache, den ich siebzehn Jahre zuvor verweigert habe, muss ich innerlich lachen. Jetzt könnte sich mein Vater mit seinem Weitblick brüsten: »Siehst du, hatte ich es dir nicht gesagt, als du klein warst, ich wusste es genau, aber damals wolltest du ja nicht, du Dickkopf hast jedes Mal einen Wirbel drum gemacht. Und jetzt, mit zweiundzwanzig, musst du mit allem von vorn anfangen.«

Ja, ich fange mit allem von vorn an, aber es ist nicht mehr dasselbe kleine Mädchen, und auch das Persisch ist nicht mehr dasselbe.
Ein Jahr lang bin ich dann dreimal die Woche zu Herrn Kermani im 10. Pariser Arrondissement gegangen, in die Rue Vicq d'Azir, und – Ironie des Schicksals: Seine Wohnung lag nur wenige Schritte von meiner ersten Grundschule entfernt. Auf dem Weg zu ihm lief ich jedes Mal daran vorbei.

DIE VERSÖHNUNG

Eine junge Frau sitzt auf einer Bank gegenüber einer Grundschule. Sie starrt auf das blaue Tor mit der Fahne darüber. Sie ist in Gedanken versunken, und ihre Erinnerungen reisen zurück durch die Zeit.
Sie ist sechs Jahre alt. Sie sieht sich wieder vor genau diesem Tor, auf dieser Bank, als sie aus der Schule weggelaufen und die Großmutter ihr erschienen war. Seither ist viel Wasser den Bach hinuntergeflossen, wie es so schön heißt. Wasser, Wind und Staub. Die Zeit, all die Tage, die wie Perlen auf eine Schnur aufgefädelt wurden, haben aus dem stummen, sturen Mädchen eine Frau gemacht, die zwar noch immer stur ist, aber mit gelöster, freier Zunge spricht. Noch immer kann sie die Traurigkeit in jenem ersten Jahr in Frankreich spüren. Zugleich jedoch steigt eine zaghafte Freude in ihr auf, die ganz allmählich zum Vorschein kommt: die Freude der Versöhnung. Endlich gräbt sie ihre Wurzeln aus dem Mutterboden aus, der sich nicht mehr nach Vergangenheit anfühlt, sondern nach Zukunft.

Ein seltsames Geräusch lässt sie aufschauen. Es ist das Geräusch eines Stockes, der über das Straßenpflaster schabt. Sie wendet sich um und sieht eine alte Frau auf sich zukommen. Ihr Gesicht ist verhüllt, aber es geht ein vertrauter und beruhigender Geruch von ihr aus. Sie nimmt neben ihr Platz auf der Bank.

»Ich hatte es ja gesagt: Eines Tages kommst du zu mir zurück. Jetzt bist du zurückgekehrt.«
»Wer sind Sie?«
»Erkennst du mich denn nicht? Ich bin deine Muttersprache. Ich habe die ganze Zeit auf dich gewartet.
Jahrelang habe ich vor dieser Schule herumgelungert, stundenlang saß ich auf dieser Bank. Im Unterricht saß ich neben dir, von der 6. Klasse an bis zum Gymnasium. Als du in den Hörsälen der Sorbonne Seite um Seite vollgekritzelt hast, hockte ich versteckt in einem Winkel. Sogar die Straßen, in denen du gewohnt hast, habe ich durchkämmt. Ich bin dir gefolgt, habe draußen vor den angesagten Pariser Bars auf dich gewartet, saß im Theater, Kino oder Konzert ein paar Plätze weiter. Ich schlenderte über den Pont des Arts, als du stundenlang dort gelesen oder mit deinen Malerfreunden geplaudert hast. Ich habe versucht, unauffällig dabei zu sein und die Dinge nicht zu erzwingen. Als du beschlossen hast, Literaturwissenschaft zu studieren, hat mich das überglücklich gemacht. Und als du Hedayat und Khayyâm als Thema genommen hast, bin ich vor Freude in die Luft gesprungen, trotz meines Hinkebeins. Um ehrlich zu sein, ich hab geweint, weil ich wusste, dass du den Faden gefunden hattest, der dich zu mir führen würde. Wir würden Frieden schließen.

Ich gehe jetzt, du hast mich gefunden, ich brauche dir nicht mehr heimlich nachzulaufen.«
Die alte Frau steht auf und gleitet mit ruhigem, ja beinahe luftigem Schritt über die Avenue Claude Vellefaux im 10. Pariser Arrondissement davon.
Dann verschwindet sie hinter der Ecke. Die junge Frau merkt, dass sie ihren Stock auf der Bank vergessen hat. Sie will ihr hinterherrufen, doch die alte Frau ist wie vom Erdboden verschluckt.
Sie betrachtet den Stock und spürt, dass er absichtlich vergessen wurde.
Also nimmt sie ihn mit.

DIE RÜCKKEHR

Juli 2003 – Teheran –
Flughafen Imam Khomeini

Heute Abend findet die große Rückkehr statt. Die Rückkehr in die Heimat.
Mit feuchten Händen, das Kopftuch im Schoß, fliege ich in den Iran.
Vor siebzehn Jahren: Teheran – Paris.
Heute Abend: Paris – Teheran.
Entgegengesetzte Reise, der Blick zurück.
Ich frage mich, ob ich das kleine fünfjährige Mädchen an der Stelle wiederfinden werde, wo ich es zurückgelassen habe.
Die feuchten Hände holen ein schwarzes Heft und einen Stift hervor, ich versuche zu schreiben, um mich zu beruhigen, doch es klappt nicht. Meine Aufregung ist ein Knäuel, das zu dick und festgezurrt ist, als dass ich es in Worte aufdröseln könnte.
Sie ist ein Brocken, der in meiner Kehle feststeckt, er will einfach nicht runter, aber auch nicht hoch.
Ich bitte die verschleierte Stewardess um ein Glas Wasser. Ich trinke. Doch selbst das Wasser gelangt nicht durch.
Ich schließe die Augen und wische meine Hände an dem

weiten Mantel ab, der mich von den Schultern bis zu den Füßen einhüllt.
Ich binde mir das Kopftuch um, stopfe ein paar widerspenstige Haarsträhnen darunter und hole tief Luft. Es wird schon alles gut gehen.

Polizeikontrolle. Ich halte meinen Pass umkrampft. Mein Herz rast. Ich habe Angst. Es wird schon alles gut gehen. Warum sollte was schiefgehen? Es gibt keinerlei Grund zur Sorge.

Aufmerksam prüft der Polizist meinen iranischen Pass. Er blättert durch die Seiten.
»Wie lange waren Sie nicht mehr hier?«
»Seit siebzehn Jahren.«
»Ihr Pass ist nagelneu.«
»Ja, ich habe ihn gerade erst bekommen.«
»Und vorher? Hatten Sie keinen Pass?«
»Doch, einen französischen.«
»Aber Sie sind im Iran geboren.«
»Ja, aber aufgewachsen in Frankreich.«
»Sie haben das Land also verlassen.«
»Ja, zusammen mit meiner Mutter.«
»Und wann?«
»1986, ich weiß nicht genau, welchem Jahr das im iranischen Kalender entspricht.«
»Warum kommen Sie nach so langer Zeit zurück?«
»Ich will meine Verwandten besuchen.«
»Warten Sie hier.«

Er ist weggegangen mit meinem Pass. Ich blicke mich um, ich kenne niemanden. Meine Hände werden immer schwitziger, und mein Atem geht schnell und stoßweise. Es wird schon alles gut gehen.

Mama, wieso hat der Mann mit dem Bart uns den Pass weggenommen?

Der Mann kommt zurück. Er macht einen Stempel in den Pass und reicht ihn mir.
Ich hole tief Luft. Ich halte mir die Hand vor den Mund, um nicht in Tränen auszubrechen. Es wird schon alles gut gehen.

So was sollst du nie wieder erleben müssen, meine Tochter, nie wieder.

Werden sie mich wiedererkennen?
Ich höre, wie jemand meinen Vornamen ruft.
Sie rufen mich. Woher kommen die Stimmen? Ich weiß es nicht. Es sind so viele.
Suchend blicke ich mich um. Die Stimmen kommen näher. Ich gehe durch die Tür, die die Passagiere von denen trennt, die auf sie warten.

Dann sehe ich euch. Bestimmte Gesichter erkenne ich wieder. Ihr wart es, die mich vorhin gerufen haben.
Ich tauche ein.

Man greift nach mir und bringt mich fort, Hände schnappen sich mein Gepäck, ich werde gedrückt, wandere von einem Körper zum anderen, ich kann nicht mal mehr erkennen, wer mir einen Kuss gibt oder die Arme um mich schlingt, ich bekomme Babys und Blumen in den Arm gelegt. Babys, bei deren Geburt ich nicht dabei war, und die von nun an meine kleinen Cousins und Cousinen sind. Mich umarmen Cousins, die damals zwei oder drei Jahre alt waren. Jetzt sind sie Männer, mein Gott. Hände streichen mir zärtlich über den Kopf, fahren mir über die Wangen, die Schultern. Immer noch bekomme ich Kinder gereicht, die mir sabbernde Schmatzer auf die Wange drücken, dann machen die Babys Platz für noch mehr Blumensträuße, die Blumen wiederum werden durch kussreiche Umarmungen von Erwachsenen ersetzt, und ich überlasse mich dieser Woge aus Zärtlichkeiten, die über mir zusammenschlägt.
Ich erkenne meine Tante Ameh Aziz, die heiße Tränen vergießt. Ihr Körper nimmt mich auf wie ein warmer Wattebausch.
In der Menge sehe ich auch das Gesicht von Saman, meinem Onkel, der acht Jahre Gefängnis durchgemacht hat, er kommt auf mich zu und ich stürze in seine Arme. Er sagt nichts, nimmt nur meine Hand, er will mir was zeigen, die Menge rückt ein wenig auseinander, und dann erblicke ich dich.

Du bist da.
Artig sitzt du auf dem Stuhl, deine Krücken neben dir. Um

deinen hübschen Kopf trägst du ein hellgrünes Kopftuch, dazu einen langen marineblauen Mantel. Du siehst mich. Endlich nach all der Zeit begegnen sich unsere Blicke.

Du lächelst mich an, deine Augen sind feucht. Meine können die Tränen noch zurückhalten.

Als du versuchst aufzustehen, springt mein älterer Cousin helfend hinzu. Du schiebst ihn mit der Krücke beiseite und sagst mit fester Stimme: »Mach Platz, ich brauche niemanden, seit siebzehn Jahren habe ich meine erste Enkelin nicht mehr gesehen, sie hat die lange Reise gemacht, um hierherzukommen, und heute Abend werde ich für sie aufstehen, und zwar allein, ganz ohne Hilfe, ohne Krücken sogar.«

Wie gebannt stehe ich da und schaue zu, wie du aufstehst, wie stolz und schön du bist. Es fällt dir schwer, doch ganz allmählich und mit großer Anstrengung gelingt es dir. Deine Beine zittern, deine Hand sucht nach einem Halt. Aber du schaffst es, du bist genauso stur wie deine Enkelin.

Dann stehst du vor mir, eine unerschütterliche Statue. In diesem Augenblick bist du dermaßen stark, dass niemand dich umstoßen kann.

Vor Angst, dich zu zerbrechen und dein zartes Gleichgewicht ins Wanken zu bringen, gehe ich mit kleinen Schritten auf dich zu. Ich habe auch Angst, du könntest plötzlich wie durch Zauberhand verschwinden, so wie in meiner Vergangenheit.

Endlich schließe ich dich in meine Arme. Ich vergrabe mein Gesicht an deinem Hals und atme den Duft meiner Kindheit ein.
Beide stehen wir, doch du bist es, die mich hält.

DER LIEBHABER

Mein Cousin wohnt in einem großen Haus im Zentrum Teherans. Heute Abend gibt er eine »Megaparty«, mit der er mir beweisen will, dass die Jugendlichen von Teheran einen ausgeprägten Sinn fürs Feiern haben und den jungen Leuten im Westen in nichts nachstehen. Überall im Haus haben sie Alufolie auf die Fensterscheiben geklebt, damit man von außen nichts erkennt. Noch nie habe ich so viele Flaschen Alkohol gesehen, noch nie ist so viel Ecstasy und Kokain an mir vorbeigezogen. Verglichen mit ihnen wirke ich ungeheuer brav.

An diesem Abend bin ich ihm begegnet.

Zwei große schwarze Augenbrauen, Wächter seines unerschrockenen, unbezähmbaren Blickes. Eindeutig die Augenbrauen eines Iraners.
Seine Augen haben die Farbe von Teer und verbrannter Erde, ab und zu zuckt ein Blitz darin auf.
Seine dunkle Haut berichtet von einer Menge Abenteuern: sie ist mit unzähligen Narben übersät.
Messerstiche, Schnittwunden von Rasierklingen und Glassplittern, Verbrennungen, Hautabschürfungen. Wie du deinen Körper malträtiert hast.

Auto- und Motorradunfälle, Vergeltungsakte, Schlägereien, Todeswunsch, Lust an der Gefahr, Flirt mit dem Tod, Strafen im Gefängnis, Selbstverstümmelungen. Du musstest für eine Menge Fehler bezahlen.
Ich werde nicht das *Hohelied Salomos* auf dich singen können. Nein, mein Geliebter ist keineswegs »weiß und rot«, sein Haupt nicht reines Gold und sein Leib nicht »wie eine Platte aus Elfenbein, mit Saphiren bedeckt«, seine Wangen sind nicht »Balsambeete, darin Gewürzkräuter sprießen«, und mögen die Schenkel auch »Marmorsäulen« sein, so ruhen sie doch nicht auf »Sockeln aus Feingold«.

Die Haut meines Liebsten ist von Tausenden Blessuren zerschlitzt.
Sein kohlrabenschwarzer Kopf von unzähligen Beulen gedellt. Seine Haut schimmert wie Bronze und ist wie Leder so zäh. Seine Wangen sind übersät mit kleinen rosa Kerben. Sein Oberkörper ist ein verbranntes Dickicht. Sein Leib kündet von rätselhaften, schlecht vernarbten Feindschaften. Die Beine sind überzogen von roten, geschwollenen Flüssen. Seine zerschundenen Füße tragen bräunliche Flecken, die noch immer schmerzen.
Und sein gesamter Körper verströmt einen Geruch nach Schweiß, Dieselöl und Butterreis.

Ein iranischer Wandteppich ist deine Haut: Er erzählt mir persische Geschichten, in denen es um Blut und Gewalt geht. Ein merkwürdiges Buch, in dem ich jedes Mal ein Stück weiter las, wenn wir uns umarmten.

Über Stirn und Wange läuft eine Narbe. Ich war sechzehn, ein Mädchen, das ich wie wahnsinnig liebte, hat sich von mir getrennt, nach ihrem letzten Anruf bin ich auf das Fenster meines Zimmers zugestürmt. Die Scheibe ging direkt über meinem Gesicht zu Bruch.
Eine Brandwunde an deinem Hals. Ein Autounfall, ich bin vollkommen blau auf eine Mauer zugerast. Der Gurt hat mir die Haut verbrannt. Ich wollte sterben.

Eine riesige Narbe auf deinem Oberkörper, direkt neben dem Herzen. Ich hatte mich heftig mit meinem Vater gestritten. Danach trank ich allein eine ganze Flasche Tequila aus, nahm ein Küchenmesser und schlitzte mir die Haut auf. Um meinen Schmerz noch weiterzutreiben, rieb ich mir Salz und Zitrone in die Wunde. Mein ganz persönlicher Tequila-Crash.

Über deinen Schenkel läuft eine große Narbe. Da wurde ein Mädchen auf der Straße von ein paar Typen belästigt. Ich wollte ihr helfen und habe mich mit den Typen geprügelt. Sie waren zu viert. Der eine stieß mir ein Messer in den Schenkel. Das Mädchen schaffte es zu entkommen.

An deinem Knie sitzt was Hartes unter der Haut. Das ist eine Schraube, die mir implantiert wurde. Ein Motorradunfall. Ich fuhr wie bescheuert mit einem anderen Motorradfahrer um die Wette und geriet ins Schleudern. Mein Knie ist auf dem Boden zerplatzt.

Auf deinen Fußsohlen bräunliche Flecken. Alles Brandwunden von Zigaretten, sie haben mich erwischt, als ich Shit verkaufte. Das haben sie mir im Gefängnis angetan, damit ich die Namen der Typen verrate, die mir den Stoff geliefert hatten.

Wenn ich mir den Kopf rasieren würde, könntest du noch mehr sehen: Flaschen und Gläser, die mir bei Massenschlägereien auf der Straße oder bei irgendwelchen Partys auf dem Schädel zerschmettert wurden.

Ich verliebte mich in dich. Ich verliebte mich in einen großen Ganoven aus Teheran. Noch einmal ist der Iran mir zu Leibe gerückt. Doch sein Gewicht war nicht erdrückend: deine Wunden haben meine geheilt.

Du fährst auf einem Motorrad. Ich sitze hinten und halte mich an deinen stämmigen Hüften fest, den Hüften eines Riesen. Mein Kopftuch rutscht mir von den Haaren. Ein paar Strähnen wirbeln auf. Ich lerne eine köstliche Freiheit kennen, die aus Risiko und Verrücktheiten gemacht ist. Du rufst mir beim Fahren Liebesworte zu. »Ich bin verrückt nach dir, Mademoiselle aus Paris, ich, der wilde Fuchs aus Teheran.«

Ich lache, und der heiße Wind, der in jenem August 2003 durch die Stadt fegt, trägt mein Gelächter davon, trägt es bis in die Ohren der Passanten.

Die Stunden, die ich auf diesem Motorrad zugebracht habe. Die verrufenen, ärmlichen Gassen im Süden Tehe-

rans, die du mir gezeigt hast. All die Gesichter, die Armut, die tief verwurzelte Religion, der schwarze Tschador der Frauen, Rabenfrauen mit verborgenem Gesicht, Kinder spielen mit einem halbzerknautschten Ball Fußball, die Händler in ihren armseligen Buden, die verfallenen Häuser, aus denen es nach Kurkuma und Reis riecht, Männer beten den Rosenkranz und streichen sich über den Bart.
Die Passanten beäugen uns, wenn wir die Straßen überqueren, sie wenden den Kopf, wenn wir vorübergehen. Mein rotes Kopftuch und der gelbe Mantel, dein grünes T-Shirt und die blauen Jeans sind die einzigen Farbflecken in dieser verwaschenen, von Staub bedeckten Landschaft.
Wir sind farbige Sternschnuppen auf einer grauen Leinwand.
»Dein Körper ist der Iran.«
Du lachst schallend los. Belustigt schaust du mich an.
»Ach ja? Wie stellst du es an, so zu reden? Wo hast du dieses ganze Zeug her?«
»Ich bin eine Dichterin, Monsieur.«
»War mir auch schon aufgefallen. Mein kaputter Körper ist also der Iran?«
»Ja. Deine Wunden, all die Hautabschürfungen und Narben sind Symbole für den zerschundenen, kaputten Iran. Für den von den Ayatollahs verwüsteten Iran. Du verkörperst die zerstörte Jugend, nein, nicht nur die Jugend, das gesamte Land!«
Du lachst noch lauter und nimmst mein Gesicht in deine Hände:

»Ich hätte nie gedacht, dass es so lustig ist, mit einer Intelligenzbestie zusammen zu sein.«
»›Lustig‹? Ich rede hier von einer superernsten Sache und du findest das ›lustig‹?«

Du verschließt mir den Mund, indem du mich mit all deiner brutalen Sanftheit küsst.

HIN UND RÜCK AUF LEBENSZEIT

September 2003 – Teheran – Der Abend vor meiner Abreise

»Nein. Ich fahre nicht. Ich steige nicht ins Flugzeug.«

Meine Großmutter seufzt. Sie sieht sehr müde aus. Ich spüre, wie sehr ich sie auslauge. Seit einer Woche verkünde ich stur, dass ich künftig im Iran leben will.
Das Telefon klingelt. Sie nimmt den Hörer ab. Es ist meine Mutter. Sie will mich sprechen.

»Nimmst du nun das Flugzeug oder nicht?«
»Nein, ich hab's dir schon mal gesagt. Ich komme nicht mehr nach Frankreich zurück.«
»Was redest du denn da? Hast du den Verstand verloren?«
»Das hier ist meine Heimat, ich bleibe.«
»Willst du etwa das Kopftuch tragen? Willst du unter der Scharia leben? Willst du als ein Haufen Scheiße betrachtet werden, weil du eine Vagina hast? So sieht deine Heimat aus.«
»Ja, und ich bin einverstanden damit. Hier fühle ich mich zu Hause.«
»Bei Gott, Maryam, wenn du nicht fliegst, komme ich persönlich, um dich zu holen.«

»Das kannst du nicht als politischer Flüchtling.«
»Und wenn ich dafür sterben muss, ich komme.«
»Hör mal, du brauchst hier nicht auf verantwortungsvolle Mutter zu machen, dafür ist es zu spät.«
Sie legt auf. Ich habe ihr ganz schön zugesetzt.
Mir egal. Ich werde nicht nach Hause fahren. Mit der Zeit wird sie es schon verstehen.

Ich drehe mich zu meiner Großmutter um. Ihr Gesichtsausdruck ist ausgesprochen streng. Sie sagt, ich solle ihr eine Zigarette anzünden und den Tee bringen.
Schweigend und ohne mich anzublicken raucht sie ihre Zigarette.
Sie drückt sie im Aschenbecher aus und trinkt ihren Tee.
Ich hasse es, wenn sie diesen harten und autoritären Gesichtsausdruck hat.
»Hör gut zu, Maryam. Hör genau zu, was ich dir jetzt sage, ich werde es nicht noch einmal tun. Wenn du dich weigerst, heute Abend nach Frankreich zu fliegen, wirst du sämtliche Säulen deines Lebens zerschlagen. Du wirst ein Blatt sein, ein armseliges Blatt, das von irgendeinem Wind irgendwohin getragen wird. Du bist nach all der Zeit in dieses Land zurückgekommen und hast dich im Meer deiner Herkunft verloren. Was zu erwarten war. Das ist normal. Aber ich lasse es nicht zu, dass du dein Leben zerstörst. Deine Eltern haben teuer bezahlen müssen, damit du dort aufwachsen kannst.«
»Da ist sie also wieder, die Schuld, die Schuld, die ich abzuzahlen habe, ich hab genug von dieser ewigen Schuld.

Ich will im Iran leben. Das hier ist meine Heimat: ›vatanam‹[10].«
»Deine Heimat? Wohl eher Selbstmord. Für dieses Land hier bist du viel zu frei. Deine Erziehung hat eine freie Frau aus dir gemacht, du kannst hier nicht mehr leben.«
Ich stehe auf und schlage die Tür des Zimmers hinter mir zu, in dem ich mich verschanze. Ich weine. Ich sitze in der Falle. Ich kann nicht mehr in Frankreich leben. Ich kann nicht im Iran leben. Am liebsten würde ich verschwinden.
Ich höre, wie meine Großmutter ruft:
»Du fliegst zurück nach Paris, sonst bringe ich mich um. Da kannst du sicher sein.«
Wie so oft in der Familie meiner Mutter will sich jedermann umbringen, sobald ein Konflikt eine gewisse Schärfe annimmt. Leider habe ich diese unglückselige Neigung geerbt. Ich rufe aus meinem Zimmer:
»Wenn ich zurückmuss, bringe *ich* mich um. Da kannst *du* sicher sein.«
»Maryam, komm wieder ins Wohnzimmer, ich bitte dich.«

Ich stehe vor ihr. Mit gebrochener Stimme fleht sie mich an zurückzufliegen, und ich willige schließlich ein.

Das war die erste Reise, die erste Rückkehr ins Mutterland, der erste Gang hinab zum Ursprung. Abstieg oder Fall, ich weiß nicht genau. Ich war knapp davor, den Verstand

10 »Meine Heimat«

zu verlieren. Meine Identität hat mich ins Straucheln gebracht. Ich bin gestürzt.

In den Jahren danach gab es noch viele Reisen zurück. Reisen, die kürzer waren, ruhiger, klarsichtiger, weniger herzzerreißend, und der Kopf saß festgeschraubt auf seinem Sockel. Ich bin wieder zu mir gekommen.

Es gab auch die Erleichterung über eine andere Rückkehr: die Rückkehr nach Frankreich, und den Eindruck, mich dort trotz allem ein wenig zu Hause zu fühlen. Ohne meinen verklärten Blick und die Wunschvorstellungen war der Iran immer schwerer zu ertragen. Frankreich habe ich nie verklärt gesehen.

Doch noch immer ruft mich der Iran mit leiser Stimme, ist er irgendwo in meinem Rücken anwesend und tippt mir auf die Schulter, um sich in Erinnerung zu bringen. Aus einem Gefühl der Pflicht oder der Schuld heraus, aus Angst, die alten Verwandten nie mehr wiederzusehen, als ein Ritual, vielleicht sogar aus Liebe fühle ich mich in regelmäßigen Abständen gedrängt, dorthin zurückzukehren.

EINE FREIE FRAU?

»Deine Erziehung hat eine freie Frau aus dir gemacht, du kannst hier nicht mehr leben ...«

Es ist beschlossene Sache: Wir gehen zusammen zurück in den Iran, um künftig dort zu leben. Das Haus steht zum Verkauf. Leute kommen zur Besichtigung.
Ich bin zwölf Jahre alt. Es ist Sommer. Ich fahre in Shorts und ärmellosem T-Shirt mit dem Rad durch unsere Straße. Mein Vater beobachtet mich und sagt in nachdenklichem, besorgtem Ton zu meiner Mutter: »Das wird sie im Iran nie tun können, so was vollkommen Banales wie Fahrradfahren in Shorts und ärmellosem T-Shirt. Wir können nicht weg. Ich kann ihr diese unschuldige Freiheit nicht einfach wegnehmen.«

Ich bin sechzehn und total verliebt in einen Jungen. Ich will, dass er bei uns zu Hause übernachtet. Mein Vater regt sich auf, schreit, haut mit der Faust auf den Tisch. Er ist rot im Gesicht, fühlt sich überrumpelt, die Situation trifft ihn vollkommen unvorbereitet. Ich halte dagegen. Ich bestehe darauf, und am Ende schleudere ich ihm ins Gesicht: »Ja, meine kleine Maryam, wir haben den Iran verlassen, damit du in einem freien, modernen Land aufwächst mit einer

freien, modernen Erziehung, damit du eines Tages eine freie, moderne Frau wirst. Toller Witz!« Ich gehe hinauf in mein Zimmer und knalle die Tür hinter mir zu.
Ein paar Stunden später ruft mich mein Vater. Ich komme runter. »Ich habe mit deiner Mutter darüber geredet. Sie hat mir begreiflich gemacht, dass du nichts Schlechtes getan hast, als du diesen Jungen zu uns nach Hause einladen wolltest. Ich bin gespannt, ihn kennenzulernen.«

Ich bin achtzehn und fliege in die Arme meines Verehrers. Er hat die Stimme von Gainsbourg und das Gesicht von Brel. Ich bin verrückt nach ihm. Wir küssen uns auf den Bänken am Kanal Saint-Martin, manchmal rauchen und reden wir auch bis zum Morgengrauen, während wir an der Seine entlangschlendern. Er singt mir »Black Trombone« oder »La Chanson de Prévert« von Gainsbourg vor. Die Leute auf der Straße sehen uns nicht. Wir sind eine Welt für uns, und diese Welt wird beschützt von Paris.

Ich bin zwanzig. Die Scheibe vom Auto ist unten, meine Haare wirbeln mir ins Gesicht, und meine Hand versucht, den Wind einzufangen. Ich bin betrunken und lache.

Es ist spät. Ich spurte zu einem Treffen mit einem Behelfsliebhaber. Meine Absätze klackern über das Pariser Pflaster. Ich schnappe mir mitten auf der Straße den Mund des Mannes, trinke sein Verlangen und seinen Schweiß, ohne Angst oder Scham.

Ich sitze mit einer Freundin auf den Stufen von Sacré Cœur. Paris liegt uns zu Füßen und lauscht unseren Worten. Wir tragen der Stadt Verse von Baudelaire und Rimbaud vor, wie es eine Verliebte für ihren Liebsten tun würde, und dabei wandert die Flasche Wein zwischen uns hin und her.

Ich bin dreißig. Zwei Monate lang bin ich durch China gereist. Jetzt bin ich in Peking, in zwei Stunden geht mein Flieger zurück nach Paris. Ich sitze in einer Bar, umgeben von Auswanderern, die seit etlichen Jahren in Peking leben. Wir trinken und singen, und ich habe nicht die geringste Lust, in dieses Flugzeug zu steigen. Sie fordern mich heraus, wetten, dass ich mich nicht dazu durchringen kann hierzubleiben? »Du wirst sehen, es wird dir gut gehen im Reich der Mitte.« Sie lassen nicht locker. Die Herausforderung reizt mich. Und der Wahnsinn, meinen Flieger absichtlich zu verpassen, ebenfalls: zu dieser fortgeschrittenen, feuchtfröhlichen nächtlichen Stunde liegt für mich darin die absolute Bejahung der Freiheit.
Plötzlich springe ich auf, erhebe mein Glas und verkünde mit Nachdruck: »Meine Damen und Herren, ich bleibe.«
Geblieben bin ich vier Jahre.

Ich bin vierunddreißig. Mein Blick folgt riesigen Frachtschiffen, die mit unerschütterlicher Ruhe über den Bosporus ziehen. Seit einem Jahr wohne ich in Istanbul. Ich habe mich in diese Stadt verliebt, doch jetzt hat sich unsere Liebe erschöpft.

Erst jetzt, nachdem ich mehr als fünf Jahre im Ausland gelebt habe, packt mich die Lust, in das Flugzeug zu steigen, das mich nach Paris zurückbringen wird.

HAFIS IN EINEM TAXI

2012 – Teheran – In einem Taxi

Iranische Schlagermusik, von der ich Kopfschmerzen bekomme. Der Taxifahrer ist um die fünfzig. Er hat einen Dreitagebart, auf dem Kopf wird das graue Haar schon dünn. Unter den Augen ziemliche Schatten, er raucht.
Ich sage nichts. Ich warte, dass es vorbeigeht.
Er blickt mich im Rückspiegel an. Dann fragt er, ob ich von hier sei.
»Ja, ich bin Iranerin. Sie merken ja, ich spreche persisch.«
»Aber Sie haben einen Akzent. Einen ausländischen Akzent. Woher kommen Sie?«
»Ich bin in Frankreich aufgewachsen.«
»Ah, daher also. In Paris?«
»Ja.«
»Da haben Sie Glück.«
»Ja, aber ganz so leicht war das nun auch nicht. Wissen Sie, im Exil …«
»Das Leben im Iran ist die Hölle. Besser ein Leben im Exil als hier zu versauern. Immer noch besser, man leidet in Frankreich als im Iran, glauben Sie mir.«
»Mögen Sie dieses Land etwa nicht?«
»Oh doch, aber so, wie ich meine Mutter liebe. Schauen

Sie sich doch um: diese Vollidioten von Führungsleuten schröpfen uns von allen Seiten. Wir sind allesamt am Ende.«
»Das ändert sich bald, da bin ich sicher. So kann es schließlich nicht ewig weitergehen.«
»Ihr Wort in Gottes Ohr. Aber wir haben Angst. Hier bei uns herrschen blutrünstige Barbaren, und die im Westen sind auch nicht viel besser. Haben Ihre Eltern das Land direkt nach der Revolution verlassen?«
»Sieben Jahre danach.«
»Recht so. Sehen Sie nur, wie sich alles verschlimmert hat seither.« Er schaltet das Radio ab. Was für eine Erleichterung. Er zündet sich eine Zigarette an.

می خور که شیخ وحافظ ومفتی و محتسب
چون نیک بنگری همه تزویر می کنند
حافظا می خور و رندی کن وخوش باش ولی
دام تزویر مکن چون دگران قران را

»Das ist von Hafis, ich weiß ja nicht, ob Sie Gedichte mögen.«
»Und ob ich Gedichte mag! An der Uni hab ich die Lyrik von Khayyâm studiert. Ich habe vielleicht nicht alles verstanden, aber das Wesentliche habe ich schon erfasst, glaube ich.«
»Ich übersetze es Ihnen in eine einfachere Sprache. Er sagt: ›Trink, denn wenn du genau hinschaust, erkennst du, dass sämtliche religiösen Führer elende Heuchler sind.

Hafis, betrink dich, sei klug und froh, nur tappe nicht in die Falle der Scheinheiligkeit wie die, die den Koran besudelt haben.‹«

»Wie mutig, so was im 14. Jahrhundert zu äußern!«

»Ich sage Ihnen mal was, junge Dame, das Einzige, das wir erfolgreich durch die Jahrhunderte gebracht haben, ist unsere Dichtkunst, und sie ist auch das Einzige, das vom Iran gerettet gehört.«

Das Taxi bleibt in einem mindestens vier Kilometer langen Stau stecken, über uns ein schmutziger Himmel, drückende Hitze, von allen Seiten her wird gehupt, es stinkt nach Benzin, mein Kopftuch klebt mir an den Haaren, dazu der lästige Mantel … trotzdem bin ich froh, in diesem Höllenchaos zu sitzen, denn zum ersten Mal in meinem Leben hat ein Taxifahrer ein Gedicht für mich rezitiert.

ES WAR EINMAL

Ein Wort

Es wurde unablässig wiederholt
Über die Erdoberfläche verteilt
Es ertrank in den Augen
Und glitt langsam über die Haut
Im Takt des Herzschlags

Es war einmal

Meine Kindheitserinnerung

Eine von der Sonne verwitterte Marmorsäule
Ein Gebirge, das ins Meer abtaucht
Ein Traum, den Frau Mond Nacht für Nacht den
  Sternen erzählt
Immer derselbe

Die Geschichte bewegt sich im Kreis
Die Musik ist nur noch Stottern
Die Manege rostet vor sich hin
Die Pferde sind am Ende

Von all den Jahren wird mir schwindelig

Doch will ich immer weiter tanzen
Nach diesem abgedroschenen Leierkastenlied
In dem ein Wort beharrlich wiederkehrt
Ein Wort

Das der Wind wie
Den Schleier der Frauen hochbläst
Wenn sie sich in den engen Gassen meiner
Erinnerung verirren
Wehe
Wehe
Wind meines Lebens
Wehe
Wehe
Bring sie zum Tanzen, die Erinnerung

Eine Girlande aus Wörtern in einem Baum bin ich,
auf die ein Kind zeigt.

Literatur

Das Gedicht auf Seite 9 ist aus folgendem Band entnommen: Nâzim Hikmet, *Und im Licht mein Herz*, Berlin 1981. Die Nachdichtung stammt von Paul Wiens.

Die Originalausgabe unter dem Titel
Marx et la poupée
erschien 2017 bei Le nouvel Attila, Paris.

FSC www.fsc.org
MIX
Papier aus verantwortungsvollen Quellen
FSC® C083411

ISBN 978-3-351-05050-4

Blumenbar ist eine Marke der Aufbau Verlag GmbH & Co. KG

1. Auflage 2018

Publié par l'intermédiaire de Mon agent et compagnie
6 rue Victor-Hugo – 73000 Chambéry – France
www.monagentetcompagnie.com
Gestaltung Vor- und Nachsatz und
Covergestaltung zero-media.net, München
unter Verwendung eines Bildes von © Getty Images /
Hélène Desplechin und FinePic®, München
Satz Greiner & Reichel, Köln
Druck und Binden CPI books GmbH, Leck, Germany
Printed in Germany

www.aufbau-verlag.de
www.blumenbar.de